怪奇
博物館
The Strange Museum
106

跳龍門

Jumping
the
Dragon Gate

夜不語
著

怪奇博物館 The Strange Museum 106

CONTENTS

自序

夏天了。

入夏了，但是成都的溫度仍舊不高，不斷的徘徊在二十五度和三十五度之間，偶爾也會攀升到四十度。

但一到晚上，仍舊很涼爽。由於疫情的緣故，附近工廠開工的很少。最近半年，都沒有見到霾了。

我住在三十幾樓，一推開門，就是西嶺千秋雪。那層層疊疊的皚皚雪山，伴著中午的烈日，看起來非常的海市蜃樓。

去年我為了能和餃子時常出門旅遊，特意淘了一輛二手的房車，不貴，但是保養得挺好。前主人開了三年，里程數才不到兩萬公里。價格只有新車的三分之一。真的很划算。

但買回來後，就一直停在了樓下公園的停車場……

從來沒開過。

去年春節時，本來想帶著餃子，開著房車去三亞過冬。藍天白雲，氣溫二十幾度，想想都激動。

可惜，爆發了新冠疫情。

新冠狀病毒讓我幾乎大半年，都沒有離開家超過五公里。好不容易等內地終於開放旅遊限制，我迫不及待的買了大量的物資，趁著餃子放暑假，拉著她終於出發了。

去新疆。

然後，這一趟旅程是註定了會鬧心。

到新疆沒多久，呃，原本沒有任何感染病例，在感染地圖上一片白的偌大的一百多萬平方公里土地，猛地就變紅了。

封城，封城，封城。

我在烏魯木齊，帶著餃子一起陷入混亂。還好房車上物資準備得還算豐富，能夠撐個十天半個月。但水電的問題，就不好解決了。

寫這篇序的時候，我就坐在房車上，撐著下巴發呆。

當然，大家看到這本書時，或許早已經風平浪靜了。但現在，我還是很著急。

我到處找房車營地，好不容易才在烏魯木齊的郊區，找到一個暫時沒有關閉的。

好說歹說接了水電，就是不清楚，能夠在這裡待多久。

更不知道，新疆，將會徹底封城多久？

現在是絕對不能上高速公路的，參考武漢封城的經驗，一旦上了高速公路，就進不了休息站，出不了收費站，只能在高速上不停的前進，被各個行政村鎮趕。

住房車也並不是全然無事。

如果烏魯木齊的疫情失控的話，我和餃子，應該也會被帶去酒店隔離吧。

哎，奶奶的，千萬不要走到那一步。

今年真是出師不利，早知道就不那麼心急的跑出來玩了。

就這樣子吧，各位祝我好運。

夜不語

龍門的民間傳說，很多人都聽過。

相傳江河中的魚蝦成精後，就會順著江水游到龍門下，奮力往上跳。跳過龍門，就會被天火焚尾，化為龍。

但事實的真相，又如何呢？

龍門，到底在哪裡呢？

看下去，你會找到答案。

——引子——

生活就像一把鈍刀，一刀刀割，不快，卻很疼。

不同的城市，都有不同城市的生活、壓力和節奏。大城市的節奏很快，而小城市的生活雖然慢，卻有著許多跟大城市不一樣的地方。

例如縣城，它是一個有圈子、有場子的社會。在縣城，有階級，就有區別。階級透過地位、財富以及權力來顯現。階級不同的人很難混在一個圈子裡，但是可以聚在一個場子上把酒言歡。不同階級的人組成了不同的圈子，朋友也很固定。

圈子有高低之分，但是沒有大城市那樣涇渭分明。在縣城，圈子很重要，你是這個圈子裡的人，有什麼事情圈裡人自然會照顧到你。有人很難融入圈子，有人想從一個圈子進入到另外一個圈子，但是難度係數和工作晉升一樣，很大。

所以，每個圈子，都是孤島。

學校這種最弱肉強食的地方，更加不例外。

雨經鎮坐落於長江邊上，就是這個國家上千個小鎮中，最普普通通平平凡凡的一個。

今天下過雨，雨水淅淅瀝瀝，打濕了教室的窗。窗戶玻璃上彷彿蒙上了一層霜，不重，但是卻讓窗外的世界，變得朦朦朧朧的。別有一種美感。

白卉的心也恍恍惚惚的，因為，她等了三年的願望，終於實現了！

帥氣的班長，在白卉的書桌抽屜裡塞了一封信。白色的信紙，字不多，但是字字都戳得白卉心動不已。

這封信很甜蜜。

班長說自己暗戀了她很久很久，再過兩個月就要高考，人生或許就要走上不同的道路。他希望不留遺憾，因此向白卉告白。

白卉激動了一整天。

班長和她的圈子不同，班長是大戶人家的老大，今後肯定是要繼承家業的。但是她，不過是個愛幻想的普通少女而已。

兩人在銅牆鐵壁的縣城關係網和鄙視鏈中，彷彿兩條平行線，可能永遠都不會走到一起。

但這樣的班長，竟然說他暗戀自己！

到了放學時，她恍恍惚惚的，來到了信中提到的學校體育館。下午的雨後，天空掛著一道彩虹。伴著夕陽的斜照，很美，很美。

美得就像是一場夢。

白卉手裡緊緊拽著那封信，來到了體育場一側的小巷子中。

一陣涼風吹來，白卉猛地打了個冷顫。這小巷子，怎麼那麼陰冷？

班長老早就等在了巷子中，白卉一眼就看到了他。

她雙手用力扯著衣角，班長也看到她，笑了，好看的笑容和兩排整潔白淨的牙齒。哇，班長好帥！

班長笑著靠近她，直到站在近在咫尺的距離中，高高的班長，俊朗的臉在偶然射進來的陽光中，一如她心中永遠的白月光。

白卉羞澀的臉頰通紅，低著腦袋，拚命的看自己的雙腳尖。

「小卉，你知不知，我一直都喜歡你。昨天我坐在你的後面，一直在看你的臉，一直看一直看，總是看不夠。所以我下了個決定，在這就要離別的兩個月內，一定要向你告白。」班長又往前走了一步，離她更近了。

白卉的心臟怦怦亂跳。

「不知道，你喜不喜歡我？」班長問。

少女默不作聲的點點頭，點頭的幅度，小得難以察覺。

她害羞死了。

雖然一直在宿舍裡自稱老娘，一副天命御姐的模樣。可在喜歡的人面前，她就像是一個眼睛看不見，耳朵聽不見，只會傻乎乎點頭的白痴。

「我想和你交往，不知道你願不願意？」班長又說。

「嗯。」白卉羞得腦袋就快要埋進了胸口中。

雖然答應的聲音很微弱，但是班長耳朵尖，還是聽到了。他開心的笑著，爽朗的笑容讓白卉覺得自己心臟跳得快要死了。

「我要你說出口。」班長再次往前走一步，他好聞的呼吸，不斷的噴在自己臉上。

白卉鼓起勇氣，彷彿用盡了全身的氣力：「我，我願意。」

廢話，怎麼可能不願意。這可是她三年來的夢啊，如果這真的是夢，她寧願一睡不醒。

白卉甚至偷偷用手捏了捏自己的大腿。

很痛，不是夢。

「太好了，那你就是我女朋友了。」班長笑著。

突然，他像是想到了什麼，問：「小卉，我記得你的生日是六月十一日。對吧？」

「嗯啦。」白卉點頭：「對，農曆是五月二十。而且出生的日期是凌晨十二點十二分，我奶奶給我算命，說我這生辰八字是逢鬼時刻，命雖然硬，但是時運不好，容易遇到鬼。」

白卉感覺自己的話有一點多，搖著頭笑：「對不起，我經常亂說些有的沒的。」

「沒關係。」班長的眼中，猛地射出一絲難以察覺的精光。他看著白卉，越看越笑得開心：「沒關係的，我就喜歡聽你的聲音。」

他的身體往前傾斜，臉微微向下，湊到白卉的頭側。

白卉快要窒息了，她的腦子很混亂。

雖然夢想成真了，可這進展是不是有一丁點快。班長該不會是想要掠過一壘上二壘，要和自己打啵兒吧？

嗚嗚，好羞恥，好興奮。我還沒做好準備。

白卉既羞恥又興奮，但是她的身體更誠實。少女下意識的閉上了雙眼，嘴唇微微嘟起，等待著自己的初吻被奪走。

喜歡的那個他，急促的呼吸就在耳畔，但是她等了快一分鐘，卻始終沒有等到嘴唇傳來柔軟的觸感。

反而聽到了一陣窸窸窣窣的聲音，好像班長在脫什麼東西。

白卉渾身一抖，不會吧，班長想要上的不僅僅只是二壘，他奶奶的準備全壘打啊。該不會就在這個僻靜骯髒的小巷子，要和自己那個了吧？

不要啊，怎麼說自己也是個正經人家的女孩，對那個還是有些自己的小要求小氛圍的。

「那個，班長。」少女忍不住了，想要睜眼。

「還叫我班長。」班長朗聲笑著。

「阿，業，阿業。」白卉的臉紅得能夠滴出血來，她叫了班長的暱稱。之後睜開了眼。

視線一恢復，女孩頓時傻了眼。

臥槽，這是幾個意思，這是什麼情況？

只見班長脫了褲子，雙手撐在體育館的牆壁上，屁股高高抬起，背對著她站著。像極了犯人被員警抓住後正面對牆的那個姿勢。

這姿勢，讓白卉看不懂。剛剛溫馨的戀愛氣氛，完全被班長的這個怪異姿勢給打得支離破碎。

「阿業，你在幹什麼？」班長的斑點大內褲，讓白卉連忙捂住眼睛，只用手指的縫隙偷窺。

班長嘿嘿一笑：「我們不是已經交往了嗎，咱的家族，只要交往了，女朋友一定要替男友做一件事。」

原來是考驗？

白卉腦抽的竟然有些欣慰，雖然她覺得這考驗，怎麼那麼古怪。

「你，你要我做什、什麼事？」少女羞澀的問。

「很簡單啊。你看到我屁股上的那張符了嗎？」班長問。

「符？」白卉愣了愣，連忙朝斑點大內褲望過去。果然，那大內褲上，確實貼著一張黃色的符咒，正好貼在班長的屁股上。

符咒上的鬼畫符非常複雜，遠遠看去，無數的符號，彷彿組成了一塊令牌一樣，上方是寬大的三角形，下方尖細。

那個令牌陰森森，符咒也陰森森的，令白卉不寒而慄。

「咦，咦咦咦。我確實看到那張符了。阿業，為什麼你屁股上會貼符，太奇怪了吧。」少女問。

「看得到就好，看得到就好。」班長狂喜，臉上有股終於抓到了救命稻草的表情。

「這是我家的傳統。」班長嘿嘿一笑：「麻煩你幫我把那張符扯下來，這樣，我們就能永遠，在一起了。」

雖然感覺不妥，但是愛情上腦，荷爾蒙分泌嚴重過剩的白卉，猶豫了一下後，還是伸出手朝大內褲上的那張符摸了過去。

符紙給人的觸感，像是在摸一張乾枯的冰冷人皮，很不舒服。

白卉接觸到符紙的瞬間，不由得打了個冷顫：「我扯了哦。」

「扯吧。我愛你喔。」班長大咧咧的告白。

他臉上的喜悅更甚，終於，終於找到能夠看到這張符，觸摸這張符的人了。終於，能擺脫這張該死的符了。

「嘻嘻——」白卉害羞死了，她一用力，整張符咒就從班長的大內褲上，被她扯了下來。

「哈哈哈，太好了，太好了！」扯下符咒的一瞬間，班長突然歇斯底里的大笑起來，緊接著他提上褲子就要走。

「阿業，你要去哪裡？」白卉愣了愣。

班長回過頭，看著白卉手中的符咒，冷冷笑了一下：「我回班上去。」

「那我跟你一起。」

「不用了，讓別人看到我們在一起走，會有不好的影響。」

白卉傻眼了：「可我是你的女朋友。」

「哦，我剛剛只是開了個玩笑而已。」班長冷冰冰的笑著：「總之你就當我放了個屁，把剛才的話忘了吧。」

「怎麼這樣，我都替你把屁股上的符咒扯下來了。」白卉不明白，怎麼班長前後的變化那麼大。

班長撇撇嘴：「什麼符咒，我屁股上怎麼可能有符咒這麼傻的事情。」

白卉急道：「那張符咒明明就在我手……」

少女低下頭，又愣了。手裡空蕩蕩的，哪裡還有什麼符咒。

這到底發生了什麼事？

班長走後，白卉又急又氣又苦惱，她覺得這件事有哪裡不對勁兒，每個地方都透著邪氣，可偏偏說不出來。

班長利用了自己？他屁股上的符是怎麼回事？為什麼他騙自己把符扯了下來？白卉百思不得其解。

但可怕的是，暈暈乎乎的回到宿舍的白卉，一覺醒來，驚恐的發現，那張原本貼在班長屁股上的符，竟然出現在自己的睡褲上。

「這、這是怎麼回事！」白卉難以置信。她瞪大眼睛，一眨不眨的看著那張符。泛黃的符透著黑氣，那令牌似的符可怕無比。

「扯不掉……」她瘋了似的將符扯下來，可是每一次扯下，符在手中就會消失得無影無蹤。眨眼工夫又貼回自己的臀部。

陰魂不散。

少女害怕極了，她搞不明白，這張符到底是怎麼從班長的屁股上，跑到自己身上的。事情的發展太詭異了，白卉臉色煞白，嚇得整個人都縮在床腳。

「小卉，你怎麼了？」同宿舍的張靜回來了，看到白卉一臉見鬼的模樣，嚇了一大跳：「你的臉色好白。」

「小靜，我，我。」白卉語無倫次的翻身，指著自己的臀部：「我這裡出現了一張符。」

張靜疑惑的湊過頭去看，卻什麼也沒看到。她一拍白卉的屁股，笑道：「發什麼神經，你小屁股上啥都沒有啊。」

「怎麼會。」白卉轉頭看了看，那張符，赫然就在自己屁股上。明明就在啊，那麼大一張，一個人到底有多瞎才看不到？

「我屁股上真的有一張符。」白卉歇斯底里的吼道。

「白卉，你究竟怎麼了？」張靜有些被嚇到了。

不多時，宿舍另外兩位室友也陸續回來了。兩人看到白卉和張靜的臉色都不太對，紛紛詢問。

「小卉說她屁股上有一道符，可我硬是看不到。」張靜說。

其餘兩個室友也跑去扒白卉的褲子，瞪大眼睛，同樣沒有看到她屁股上的那張符咒。

白卉懵了，她意識到，或許這張符，只有自己才能看到。

媽的，愛情這種東西純屬虛構，與實際人物和團體果然無關，如有雷同，實屬不幸。

白卉明白，自己被利用了。帥氣的班長說他暗戀自己是假的，他利用了她，讓她把符咒從他屁股上扯下來。

而班長屁股上的符咒很詭異，並不是所有人都能看到。而自己碰巧符合條件，看來班長早就在物色類似自己這樣的人，來替他扯符了。

這符是怎麼回事？為什麼普通人看不到碰不到摸不到，而自己卻能？自己到底什麼條件符合了？

這張符除了會傳遞轉移到揭掉的人身上外，還會讓被貼者發生什麼？

白卉感覺僅僅一天而已，自己的常識就崩潰了。

她，想報仇。

雨經鎮外江水滔滔，作為一個高三生，報仇何其難。少女數次想要去找那個叫徐展業的男孩。

她卻完全沒想到，還有更可怕的事情，即將發生在她身上。

扯下那怪異符咒後，班長再也沒有出現過。直到現在，白卉才發現自己竟對同班了三年，暗戀了三年的班長一無所知。

白卉抓著好友張靜問：「小靜，班長去哪兒了？」

張靜是學習委員，經常和班長一起值日。也許張靜知道班長的底細。

但是張靜卻愕然：「班長，白卉，我不就是班長嗎？」

白卉瞪大了眼：「不對啊，我們班的班長是個男生，叫做徐展業。長得很帥，身高一百八。」

張靜笑起來：「傻姑娘，班裡哪有這樣的人。」

「班長還對我表白了。」白卉嘟囔著。

張靜噗哧一笑：「小卉，別鬧了。真有這樣的人，他憑什麼會對你告白。」

白卉啞然。她明白自己的條件，家庭不算好，父母離異。最重要的是，長相不光談不上普通，甚至還有些微胖，偏醜。

真有高大俊朗的帥班長，確實不可能看得上她。這件事，真的很難說清楚。白卉努力的解釋，張靜也只是笑了笑，沒在意。

平時白卉就喜歡幻想，愛看純情小說。說不定她只是犯花痴，犯得自己都忘了是幻想。

「你肯定是和徐展業串通好，一起來害我。」白卉狠狠的瞪了張靜一眼。

她又去問了班裡其他同學，令少女倒吸一口氣的是，沒有任何人，記得徐展業的存在。

這個分明和他們同班了三年的班長，一直都是班上耀眼的存在，引得全校大半女生暗戀的徐展業消失得乾乾淨淨，不光不存在班上，甚至不存在所有人的記憶中。

白卉快瘋了，她明明還記得徐展業這個班長。可他，怎麼就不存在了呢？如果不是每次一轉頭都能看到屁股上的那張符，白卉已經快要覺得自己精神出了問題。

那張符，一直都貼在她身上。

白卉能感覺得到，自己越來越虛弱。微胖的身體，開始消瘦，變得瘦骨嶙峋，顴骨凹進去，整個人猶如一具骷髏。

挺有人緣的她性情大變，所有人都開始對她避之唯恐不及。白卉的身體狀況也越來越古怪。她常常作奇怪的夢，夢見一群群的古人，一次又一次，將許多名少女騙到船上，然後在她們腳上掛一塊黃金色的令牌，逼迫她們跳江。

而她最常夢到的是，長江的盡頭。

那應該是長江的盡頭吧。江水滔滔，從不遠處傾瀉而下，變成了一道深達一百多公尺的瀑布。所有的長江水都會流入那道瀑布中。

瀑布下的岸邊，開滿了黑色的花。這些花絕麗而又詭異，只有花，綻放在石頭堆中，卻沒有葉子。

一片一片的石中黑花，蔓延在無止境的亂石灘。

瀑布發出震耳欲聾的響聲。在瀑布的最上端，豎立著一根高高的石柱，柱子上寫著兩個蒼翠有勁的大字。

——龍門。

瀑布下無數巨大的魚蝦猙獰恐怖，牠們爭先恐後想要從下方跳上那個叫做龍門的瀑布。但是沒有任何魚蝦跳得上去，從瀑布跌下的魚蝦，被激流沖到亂石灘上，化作那美麗的難以言說的黑花。

一次又一次作著同樣的夢，這些夢顯得真實無比，卻又讓白卉難以理解。她現有的知識不足以解釋夢裡的事物，她甚至不清楚，這到底僅僅只是夢，還是她大腦皮層潛意識的映射。

但是這些夢一次又一次的反覆出現。

白卉明白，或許自己的怪夢跟糟糕的身體狀況，和身上的那張符有關。符，在消耗著她的命。自己或許撐不了多久，就會死掉。

沒人想死，哪怕是白卉。她如花的年紀才剛剛活了個頭，她還想要報仇，抓住那個徐展業，問問他，究竟為什麼要害自己。

白卉放棄了高考，她每天都在查關於龍門的資料，調查關於屁股上那道符咒的底細。但是一無所獲。

龍門的資料很多很雜，可是沒有任何一個，和她夢裡的龍門相似。

白卉一天比一天虛弱，她把自己關在房間中，不斷的查資料，查任何關於徐展業的蹤跡。

終於有一天，她作了個更古怪的夢。

還是那個龍門。

龍門下，有一艘船，是一艘很大很大的船。類似的船白卉在雨經鎮旁的長江上見過。但是從沒有船，那麼的高，那麼的豪華。

船上的人歡呼雀躍的看著近在咫尺的瀑布，突然，從水中躍起一隻大魚，這魚青面獠牙，身形龐大。就連不遠處的豪華遊輪都顯得渺小起來。

白卉不認得這條魚。但是這條魚身上拖著長長的青銅鏈子，牠躍起後，一人粗的青銅鏈子就在空中不斷的碰撞，發出驚人的金屬交鳴聲。

這條怪魚只跳到了瀑布一半高就落回水中。

船上的人歇斯底里的歡呼，尖叫，這些人也挺怪的，穿著黑漆漆的喪服，面貌模糊悚人得很。

怪魚休息了一會兒，再次一躍而出。這一次跳得很高很高，牠身後的青銅鏈子全都被拽出了水面。

青銅鏈子的末端，竟然還繫著東西。

是一口棺材。

一口沉重的青銅棺材。

怪魚越升越高，眼看就快要跳到了瀑布頂端。就在這時，天空猛地爆出一陣巨響，跳躍在空中的怪魚慘號一聲，瀑布上的江水，變成了烈焰。

烈焰碰到了魚尾巴後，開始焚燒怪魚的尾。很快那條碩大的尾巴就被掩蓋在深紅色的火焰裡。

怪魚發出震耳欲聾的痛呼，那聲音哪裡像是魚，分明越來越像龍鳴。

魚還在往上跳，可牠精疲力盡了。

船上的人突然安靜下來，屏住呼吸，眼睛一眨不眨的看著那條怪魚竭盡全力的跳躍，尾巴上的熾熱火焰將魚的尾巴全都融化了。

怪魚再次發出龍鳴，尾巴上的火焰卻蔓延到了魚身上。

船上人開始驚呼，有人臉色不好看，有人咬牙切齒。陡然，看著夢中這一切的白卉瞪大了雙眼。

她在船上的人群中看到了一個人，一個令她憤恨、憤怒，恨不得食其肉挖其骨的人。那個人，就是陷害她的徐展業。

徐展業彷彿感覺到了什麼，抬頭，也向她的方向看了一眼。那笑容，帶著陰森和惡毒。

白卉的夢沒有繼續，她不清楚那條怪魚最後躍過了龍門沒有，甚至不清楚這個夢是從前發生的，還是現在發生的，甚至是未來將要發生的。

這些都不重要。

重要的是徐展業會在那條船上，她要去報仇。

女孩曾經的愛有多深，現在的恨就有多可怕。她牢牢的記住了那艘船的名字——嘉實遊輪07號。

01

長江絕境

人生不同於登山。

畢竟登山比人生簡單多了，只要一步一個腳印，總有一天，就能到達山頂，而目標也只有一個。但是人生不同，邁出的每一步，都會面臨無窮的選擇。

例如夜諾和整艘長北新號捕撈船上的人，都目瞪口呆的看著，陡然出現在眼前的那一道巨大到猶如長江盡頭的瀑布。

「這特麼到底是什麼地方？」夜諾思緒有些亂，他拚命冷靜下來。

老顧想起了一個傳說：「夜兄弟，這裡，有可能就是傳說中的龍門。」

「龍門？」慕婉愣了愣：「龍門這個名詞，好熟悉啊。」

夜諾道：「因為小時候，我們都聽過關於龍門的故事啊。」

「啊。」慕婉點頭：「對啊，我好像記得有部動畫就是講這個，阿諾你跟我一起看的。好像是個民間故事。」

「沒錯。」夜諾一眨不眨的看著眼前水流窮盡的瀑布，那瀑布高入天際。看起來只有一百公尺，可卻或許遠遠不止。

他嘴裡淡淡的講起腦子裡關於龍門的資料：「龍門的傳說有許多。據說古代大江大河中，每百年，龍門就會出現。江河中的魚蝦逆流而上，窮盡一生游到龍門前。只要跳過了龍門，就會化為龍。

《埤雅卷一》就提到過，俗說魚躍龍門，過而為龍，唯鯉或然。

清李元《蠕範．物體》講得更加細緻，裡邊詳細的描述了，江中鯉魚，黃者每百歲，春逆流，登龍門，天火自後燒其尾，則化為龍。小婉，說說咱們看過的那部動畫。」

慕婉點了點頭，講道：「很早很早以前，龍門還未鑿開，伊水流到這裡被子龍門山擋住了，就在山南積聚成一座大湖。

居住在黃河裡的鯉魚聽說龍門風光好，都想去觀光。

牠們從孟津的黃河裡出發，通過洛河，又順伊河來到龍門水濺口的地方，但龍門山上無水路，上不去，牠們只好聚在龍門的北山腳下。

「我有個主意，咱們跳過這龍門山怎樣？」一條大紅鯉魚對大家說。

「那麼高，怎麼跳啊？」

「跳不好會摔死的！」

夥伴們七嘴八舌拿不定主意。

大紅鯉魚便自告奮勇地說：「我先跳，試一試。」

只見牠從半里外就使出全身力量，像離弦的箭，縱身一躍，一下子跳到半天雲裡，帶動著空中的雲和雨往前走。

一團天火從身後追來，燒掉了牠的尾巴。

牠忍著疼痛，繼續朝前飛躍，終於越過龍門山，落到山南的湖水中，一眨眼就變成了一條巨龍。

山北的鯉魚們見此情景，一個個被嚇得縮在一塊，不敢再去冒這個險了。

這時，忽見天上降下一條巨龍說：「不要怕，我就是你們的夥伴大紅鯉魚，因為我跳過了龍門，就變成了龍，你們也要勇敢的跳呀！」

鯉魚們聽了這些話，受到鼓舞，開始一個個挨著跳龍門山。

可是除了個別的跳過去化為龍以外，大多數都過不去。

凡是跳不過去，從空中摔下來的，額頭上就落一個黑疤。直到今天，這個黑疤還長在黃河鯉魚的額頭上呢。」

夜諾淡淡說：「沒錯，關於這個故事，後來，唐朝大詩人李白，還專門為這件事寫了一首詩：黃河三尺鯉，本在孟津居，點額不成龍，歸來伴凡魚。可是，妳不覺得奇怪嗎，野史記載，鯉魚跳的龍門，明明是一座山。而那座龍門山，就在黃河上。但這裡，可是長江啊！」

龍門，從史料和民間傳說中的記載裡，提及到的都在黃河上。

但是為什麼，老顧卻將這個瀑布，稱為龍門呢？

而抓住了夜諾和慕婉三人的老者，那個巫人，為什麼會駕駛打撈船到了龍門口。如果長江上真有龍門，肯定不屬於人類常識中的地方。畢竟，從未有人在長江上，見到過這個雄偉的瀑布。

如果真有這道瀑布，以現在人類科技的昌盛程度，就算是隱藏得再好，也不可能始終沒被發現。

所以，這就只有兩個可能：

一是，這道龍門瀑布，一直以來都被封印住了。

二是，瀑布位於某個空間裂縫中。

無論是一還是二，普通人類，幾乎都沒辦法和瀑布有直接的接觸。除非符合某種條件，解除封印，或者進入異空間。

但夜諾自始至終，都沒有察覺到打撈船進入過什麼結界或者空間屏障。他們到底是什麼時候，進入了這所謂的龍門瀑布的，異常範圍的呢？

「老顧，你為什麼稱呼這個瀑布為龍門？」夜諾直接問。

老顧這個長江上打滾了幾十年的老水鬼，面色恐懼：「小時候我曾聽我爺爺講過一個傳說，說是許多年前，他的爺爺去長江上打魚。突然發現前邊有一群穿著黑衣裳的人，駕駛著幾艘船，形跡詭魅的在江上行船。

那艘船通體烏黑，散發著惡臭。船上的人也穿得很古怪。但更怪的是，怪船所過之處，沿江的魚蝦竟然像瘋了似的，不斷的從水下躍出來。

太爺爺也是窮瘋了，看到那些平時罕見的魚蝦跳躍到水面上，也顧不得害怕。抄起漁網就網起來。

不知不覺中，就跟著怪船一起順流而下。

等太爺爺反應過來，就聽到一陣陣嘩啦啦的響聲，震耳欲聾的水流聲從前方傳來。太爺爺抬頭，就看到了彷彿長江盡頭的一座雄偉的瀑布，那瀑布直聳天際，無數他從來沒有見過的怪魚怪蝦匯集在瀑布下，不斷的向那條瀑布上跳。

而怪船也在附近，船上的人通通瞇著眼睛，不知道在舉行什麼儀式。

太爺爺很好奇，將船靠近了些，終於看到了瀑布頂端好像有一塊石碑，上邊寫了「龍門」兩個字。

但是太爺爺實在是靠得太近了，怪船上有人發現了他。其中一人對著他陰森一笑，探手朝江水中指了指。

猛然，一隻龐然大怪魚衝出水面，將太爺爺的小船撞得支離破碎。太爺爺沉入水中暈了過去，但是他水性好，運氣也不錯。醒來時，正死死的抱著一塊破裂的船板，漂在滔滔江水上，撿回了一條命。」

老顧講完，苦笑道：「本來以為這故事，只是太爺爺胡謅的白日夢。沒想到，世界真奇妙，這居然也他媽是真的。」

夜諾聽完，疑惑更甚了。這個故事中，許多地方都很可疑。

但是沒容他想下去，慕婉就嘰嘰喳喳的叫道：「阿諾，你看那條瀑布下，好像有一艘船。」

夜諾定睛望過去，他的身體被暗能量改造過，眼睛也比尋常人好。果不其然，瀑布下方不遠處，無數的魚蝦密密麻麻的浮出水面，無數奇形怪狀的大魚，正在那叫做龍門的地方，拚命的往瀑布頂端跳。

其中一條青面獠牙的大魚最可怕，身長接近六十幾公尺，一躍而起的高度，至少一百多公尺。可瀑布明明只有一百公尺高，那條魚居然只跳到了瀑布中間。

這瀑布，顯然有古怪。

而瀑布下的一片激流的水域中，赫然有一艘船。這船很現代，船身長度約一百多公尺，寬三十幾公尺，船艙共有六層。

「那是一艘遊輪。」夜諾瞳孔一縮，這艘遊輪，他非常熟悉：「小婉，你還記得這艘遊輪嗎？」

慕婉愣了愣，搖頭：「不記得啊，這艘遊輪怎麼了？」

「你就是死在這條船上的啊。」夜諾嘆了口氣。當初調查慕婉死因時，他可是將這艘船所有細節都調查過一遍。

嘉實遊輪 07 號，長江上唯一的五星級遊輪，隸屬於嘉實公司，這家公司的母公司在英國。

詭異的是，自從嘉實遊輪 07 號上前前後後有十三個少女自殺後，這艘遊輪因為種種壓力，暫時停駛了，現在都還沒有重新啟動遊輪航線的計畫。

可為什麼，本來應該停泊在上海港口的遊輪，居然出現在了龍門瀑布下方？

「啊，我就死在了這條船上的啊。」少女可愛的敲了敲自己的小腦袋：「我真糊塗，居然連這個都忘了。難怪覺得它有些眼熟。」

「那艘遊輪上，還有人在。」夜諾隨手一摸，將百變軟泥變成了一架望遠鏡。

嘉實 07 號遊輪距離捕撈船大約九百公尺以上，望遠鏡中，一群穿著黑色衣服，看不清面容的人，正鬼鬼祟祟的站在甲板上，看著不遠處的怪魚群跳龍門。

那些人全身都散發著一股不祥的死氣，沒有人動，彷彿一個個都是木頭雕的人偶。

長北新捕撈船的人也屏氣看著那雄偉的瀑布，把夜諾抓起來的老者本來已經和鯉魚精打成一團，落了下風，就快要撐不住了。

但那鯉魚精看到了龍門後，彷彿連靈魂都被吸引了似的，甩了下尾巴，再也顧不上吞食滿船好吃的人類，頭也不回的朝著瀑布的方向游過去。

巨大的魚身游弋在江水中，留下一條長長的水線。

老者鬆了口氣，軟軟的坐在甲板上。他蒼老的雙眼一動不動的凝固在嘉賓遊輪07號上，皺了皺眉頭，卻什麼行動也沒有，似乎在判斷著什麼。

鯉魚精游到了距離瀑布近在咫尺的位置時，突然跳了起來。

這一跳，夜諾的右眼皮也跟著跳。

他有一種不祥的預感。

同樣，老者也厲聲道：「開船，朝遠離瀑布的方向，馬力全開，逃。」

鯉魚精高高躍起，劈啪一聲，像是撞到了空氣裡。慘號一聲，落入了江水中，濺起大量的水花。

隨著它一跳，那龐大的瀑布，巨大的落水聲戛然而止。瀑布頓時消失了，嘉實遊輪07號也消失了，長江水恢復了靜謐，空蕩蕩的，除了江水，哪裡還有什麼瀑布。

慕婉睜大了眼睛：「阿諾，這是怎麼回事，難道我們看到了幻覺？」

「不是幻覺，但有可能是某種鏡像，或者……」夜諾腦袋上蒙著一層冷汗，他話音還沒落。

說時遲那時快，就看到龐大的鯉魚精慘號著，再次從水中跳躍而起，彷彿受到了可怕的驚嚇。碾壓夜諾和老者的鯉魚精，明明已經是準蛇級的穢物了，現在卻嚇壞了，拚命的想逃跑。

水下，另一個龐然大物張開大嘴，一口將鯉魚精咬住，揚起脖子幾口就吞了下去。

水面暈開一大片紅色的血跡，鯉魚精竟然就這麼慘死了。

慕婉看得目瞪口呆，這個世界也太怪了，那麼厲害的鯉魚精，竟然都沒有活過一秒。到底是什麼，吃了它！

「你們有沒有看到，是什麼吃了鯉魚精？」夜諾揉了揉眼睛，水下生物實在是太快了，他根本就沒看清楚。

「不知道啊。咦，船好像轉向朝來的路逃了。」慕婉看著窗外的江水。

捕撈船後邊的巨大螺旋槳在快速的轉動，打起水浪翻滾。繞了個大大的彎後，朝遠離鯉魚精死亡的位置行駛而去。

夜諾點點頭：「那個老頭，倒是還有些見識。」

「什麼意思？」老顧愕然問。

「在鯉魚精跳龍門的時候，不光我，就連那老頭，也發現那瀑布不是真的瀑布，而是一種陷阱。」夜諾道：「當船靠近時，我一陣毛骨悚然，有很不祥的預感。那種感覺，彷彿船駛入了某個非常可怕的領域裡，只要再多前進一步，船上所有人都會死。」

「你是說，那瀑布是假的，根本不存在。而我太爺爺，當年看到的也是幻覺？」老顧問。

「不，那並不是單純的幻覺。我說了，這是某種鏡像。既然是鏡像，那麼，那瀑布，肯定是真的存在於長江的某個地方。或者，曾經存在過。」夜諾感覺長江上的怪事，真不是一般的多。

這條長達數萬里的河流，隱藏了太多太多的秘密。

所謂的龍門，和長江十三令，以及慕婉等十三名少女的死亡，又有什麼關聯呢？謀殺慕婉等人的背後勢力，到底想要做什麼？

他們想要抵達真正的龍門？難不成前往真正的龍門，就需要利用長江十三令，達成某個條件？

但，那些人去龍門，究竟想幹嘛？

夜諾思來想去，仍舊沒有想出個所以然來。謎，一個接著一個，眼前的迷霧隨著他所知越多，越是黑暗難看透。

船不斷的前進，還好，並沒有遭到那條神秘怪魚的攻擊。

往前行駛了大約三個小時後，夜諾愣了愣，口裡突然道：「不太對。」

「怎麼了，阿諾？」慕婉看窗外看得無聊了，轉頭看向他。

夜諾皺著眉頭：「現在幾點了？」

「天那麼亮，應該才下午三、四點吧。」慕婉道。

窗外天氣晴朗，從窗戶那一小塊玻璃看出去，除了滔滔江水，就是滔滔江水。水天一色，明亮的白日照耀在天空，給灰濛濛的江水添了一道溢彩。

「你看看錶。」夜諾說。

慕婉的手機被抓他們的老頭拿走了，但是手錶還在。她低頭看了看時間，頓時嚇了一大跳，小臉兒煞白的打了個冷顫。「這，怎麼可能！」

錶上的分針，走到了五十七，時針指著八點。

晚上八點五十七分，怎麼外界的天色，竟然還這麼亮？

長江可不會出現白晝，這裡又不是南北極。除非，這艘船進入的水域，有問題！

老顧和夜諾對視一眼，開口道：「夜兄弟，莫不是慕小妹妹的手錶壞了。現在不可能已經晚上了，你看這天色，多亮堂。」

夜諾搖頭：「我算過時間，小婉的錶沒問題。現在確確實實已經晚上了，至於天色為什麼還沒有暗的問題，我暫時沒答案。」

他在心裡有幾種猜想，但最後都否決了。

朗朗晴空的夜晚下行船，長北新捕撈船一路前行。隨著行駛的距離越遠，周圍的水域越是平靜。

老顧又咦了一聲：「不太對。我老顧行船幾十年了，從來沒有看到過長江上有啥水域能這麼寬廣。這早就不是長江了，咱們更像進入了某個大湖泊。」

夜諾鐵青著臉。

老顧的話沒錯。無論什麼大江大河，不論是主航道還是分支，水流不論急緩，始終都是流動的。可捕撈船下的江水，竟然如同死水，平靜無波。

陽光照上去，彷彿一面死寂的鏡子，透著一股子邪氣。

船在這死寂的水面上以三十節的速度行駛，現在已經過去了兩個小時，時間到了晚上快十一點左右。

天色仍舊明亮，完全沒有天黑的跡象。

這太反常了。

「我們被鯉魚精追著，行駛到這兒，也不過才花了一個多小時。現在已經又過了兩個多小時，卻沒有看到任何河岸。」老顧皺著眉頭：「我可從來沒有聽說過，重城周圍有哪個連接著長江的湖泊，有這麼大的。」

兩個小時的直線航行，已經接近八十公里。不要說是老顧，就算是知識淵博的夜諾，也想不出來，長江邊有啥湖泊，能有直徑八十公里寬。

這裡，莫不是已經不在長江流域了？

可不在長江流域，又能在哪兒？船不可能離開水，水域不通的地方，更是去不了。除非，這裡位於某個空間斷層中！

想到這，夜諾再次搖頭。

不，進入空間斷層，他肯定會察覺到。更何況，他剛剛用了幾種除穢術探測，並沒有發現空間斷層的跡象。

到底是怎麼回事？難道這片水域，其實被施展了某個強大的除穢陣？

夜諾急，甲板上的老者和鄧浩更急。

唯一剩下的船員滿頭大汗，操縱著駕駛艙內的各種儀器。

「還沒有找到方向嗎？」老者焦急的厲喝道。

「沒有，GPS 完全失靈了。」船員渾身發抖。

鄧浩連忙問：「無線電呢？」

「沒用，裡邊全是噪音，根本就沒有人回應我們。」船員道。

「媽的，這算什麼。」鄧浩揉了揉太陽穴，對老者說：「巫大人，我們現在該去哪兒？」

「龍門已經快要開啟了，剛剛我們分明看到過。」老者沉吟了片刻：「但它應該並不在這個位置。我們現在，應該陷入了某種除穢陣法中。」

「您不是巫嗎，把那什麼除穢陣解除掉，我們不就能逃出去了？」鄧浩喜道。

老者緩緩的搖了搖頭：「哪有那麼容易，世間除穢術千千萬萬，我活了幾十年，也不過知曉皮毛罷了。這除穢陣，我可解不了。」

不要說他解不了，甚至就連發現都發現不了。

「那該怎麼得了。」鄧浩一屁股坐在地上：「巫大人，你說找到了龍門，我就能得救。我的時間不多了。」

老者臉色變了幾變，他躊躇片刻，緩緩道：「這個除穢陣，我雖然解除不了。

但是說不定船上有個人，能解開。」

「誰？」鄧浩驚訝的問。

「那個叫夜諾的小朋友。他所學很雜，對除穢術的了解，比我多多了。他或許有辦法。」老者道。

鄧浩一驚：「那兩個人兇殘得很，小女孩又暴力又可怕，如果不是您老看準機會一道符將她封住，保不準咱們倆都被她捶成肉餅了。而那個叫夜諾的傢伙，他光是眼神，就讓我心裡發涼。彷彿能把我看透。

把他們放出來，萬一制不住那兩人怎麼辦？」

「現在我們被困在這鬼地方，什麼也做不了。時間一過，就晚了。」老者不再猶豫：「放他們出來前，你拿這張符貼在那姑娘的背上，我自然有辦法制住他們。」

鄧浩雖然一萬個不願意，但還是去了船艙，準備將夜諾兩人放出船艙。

船艙內，夜諾看了一會兒這無邊的江水，突然笑道：「假如我們真陷入了某個除穢陣中，再等一會兒，那個老頭八成就會放我們出去了。」

老顧不信：「那個巫對你和慕丫頭有企圖，而且看你們的眼神充滿貪婪。放你出去，不是放虎歸山嗎？」

夜諾搖頭：「他一個人搞不定的，絕對會叫我出去試著解除陣法。那老頭精得很，而且好像很著急。如果一直陷在這個無邊的水域，或許永遠都逃不出去。不信的話，我們打賭。」

老顧道：「賭什麼？」

夜諾指了指自己脖子上的金項鍊：「假如三分鐘之內，他派人來放我們，你借我的金項鍊，我就不還嘍。」

這鏈子沉甸甸的，還算值錢。夜諾窮慣了，骨子裡就一財迷。畢竟，不能一直吃慕婉的軟飯，對不？

「嘿嘿。」老顧乾笑兩聲：「你的算盤倒是打得好，如果三分鐘之內，沒人放咱們呢？」

「那我雙倍還你，現金。」夜諾撇撇嘴。

「好咧，我賭。」老顧賭字還沒說完，就已經後悔了。因為他聽到外層船艙門打開的聲音，一個腳步聲由遠至近，走到了門口。

一陣鑰匙響，鄧浩那張可惡的臉就露了出來，他皮笑肉不笑：「巫大人請你們上去。」

夜諾點點頭：「他搞不定這個除穢陣吧，還得要我親自出馬。切。」

鄧浩臉色可不好看，正想說什麼，夜諾就往前一攤手：「拿來吧。」

「拿啥？」鄧浩詫異道。

「那老傢伙可不敢堂堂正正的讓我們出去，肯定是拿了一道魚皮符，貼在我妹的背上來掣肘我。」夜諾淡淡說。

鄧浩有種想要國罵的衝動，這小子太邪乎了，簡直像是他肚子裡的蛔蟲。不，蛔蟲都沒他知道得清楚。

他在慕婉背上貼了那道魚皮咒後，帶著三人上了甲板。

路上夜諾樂呵呵的摸著脖子上的金項鍊：「老顧，這金鏈子可就是我的了。」

老顧直瞪眼：「願賭服輸，哎喲喂，可惜我一個月工資嘍。」

他人打小就吝嗇，肉痛得很。

上了甲板後，老者正將一把又一把的烏黑蟲子撒入長江中，可那些蟲子進入水中後，一隻也沒有爬回來。

老者皺著眉，不知道在思索什麼。

「巫大人，他們帶上來了。」鄧浩走到老者身旁，低聲道。

「嗯。」老者愁眉苦臉的轉過身，看向夜諾：「夜小兄弟，俗話說——」

「好了，屁話就不要多說了，客氣話我聽著也沒興趣。」夜諾擺擺手，打斷了他：「老實說，如果我們進入了某個除穢陣中，應該是能探測得到，但是我也沒發現除穢陣的陣腳在哪兒。沒有陣腳，我沒法破陣。」

老者道：「沒錯，我也同樣很疑惑。無論扔下多少屍蟲，那些屍蟲一入水中，就跟我失去了聯繫。這水應該也有問題。」

「老頭，你的意思，這江水，本身就是除穢陣中的一部分？」夜諾問。

「不錯。」老者說：「世間除穢陣千奇百怪，我從前偶然聽說過長江上有一種陣法，叫做幻妙歸元陣，就能將人困在某個空間中。和我們現在的處境一模一樣。」

夜諾卻搖頭：「幻妙歸元陣的陣腳是土，陰陽五行中，水土不容。所以這不可能是幻妙歸元陣。」

老者啞然，眼中閃過一絲厲光：「既然夜小兄弟也無法破陣，老夫——」

他剛要放狠話，卻被夜諾打斷：「老頭，你想威脅我也沒用。除穢陣也好，不是除穢陣也罷。我又沒說過我沒辦法！」

「你有辦法讓我們逃出去？」老者驚道。

「總要試一試。」夜諾苦笑。他倒不是怕這個老頭，而是他的時間也不多了。慕婉的殘魂，只剩不到十天時間。

必須要盡快找到她的屍體才行。

夜諾沒再理會老者，大咧咧的走到駕駛艙內。眾人也跟著他過去，只見他開口吩咐船員：「打開聲納，查一查水面下有什麼。」

鄧浩眼睛一亮：「對啊，我怎麼忘了這事了。如果能用聲納查一查水下地形和魚群種類啥的，說不定能靠這些資訊定位。」

眾人死死盯著聲納螢幕。

螢幕上不斷的出現一圈又一圈，半圓形的綠色光圈。光圈掃入水面下方，卻什麼也沒有顯現。

似乎除了水，水下空無一物。

「怎麼可能。」鄧浩、船員和老顧同時驚呼。

「掃描深度是多少？」夜諾問。

船員看了一下儀表：「三公尺。」

夜諾點點頭。長江流域平均深度並不算很深，上游以及中游也不過一點五到五公尺左右，甚至有些江段可以蹚水過江。所以長江上的捕撈船，通常都會把聲納的探測深度定在三公尺。

但是顯然，這個水域的水深，遠遠高於三公尺。

「加深到十五公尺。」夜諾吩咐。

船員調整了儀器，綠色波紋在螢幕上顯示後，仍舊什麼也沒有顯現。江水依然沒有到底。

「啊，十五公尺了，都沒有魚蝦？」老顧疑惑道：「這可不太正常。」

「再加深。調到三十公尺。」夜諾又下命令。

船員再次調整儀器，聲納不斷的向下，還是什麼都沒碰到。聲波在水裡傳遞，除了水，還是水。

「五十公尺。」夜諾皺起眉。

仍舊一無所獲。

「一百公尺。」

還好長北新是一條大型捕撈船，使用的是海上大型船舶的聲納。不然真探測不了一百公尺深，但一百公尺，就是這條船的探測極限了。

聲納傳遞出去，這片水域，沒有底似的。不僅沒有底，還沒有魚蝦、漂浮的藻類，他們甚至發現，這麼久了，水面上竟然都沒有漂來任何東西。

一切人類活動的痕跡，都消失了。就彷彿這片水域，從來沒有人類存在過。

夜諾深吸一口氣：「夠了。」

他讓船員關閉聲納，冥思苦想。他若有所思，這個結果，並沒有超出夜諾的猜測。

「夜兄弟，我在長江水摸爬滾打，撈了幾十年的屍體。也不是沒去過長江水深的地方。武漢的長江大橋下，水深就超過了三十公尺，而江西湖北交界處一個叫做牛關磯的地方，水深據測超過一百零三公尺！也就是超過了三十層樓高。」

老顧打了個冷顫：「我看這裡的水，遠遠比那牛關磯深得多。最怪的是，我們是順著航道進來的，既然這水域和長江連在一起，怎麼會河中沒有任何水生生物？太詭異了。」

夜諾突然抬頭，問了一句：「你們知道測不準定律嗎？」

話音落地，滿船的人都懵了懵。

老者撓了撓頭，乾笑道：「我是巫人，也就上過幾年小學，那個測不準定律，是什麼除穢術嗎？」

「巫大人，測不準定律，好像是一種物理定律。」打撈公司的經理鄧浩是重點大學畢業，勉強知道這個定律的存在。

「夜兄弟，你提到這個定律，和我們現在的處境有關聯嗎？」

「有！」夜諾解釋道：「這個定律是海森堡在上個世紀提出的，基礎理論太深奧，我就不多說了。你們只要曉得，在微觀層面上，用傳統的方法測量，電子是沒有運動軌道的。

一個電子的動量和位置是不能同時確定的。就如同我們現在用聲納測量長江的底，或許，永遠都測量不到。」

船上的人都沒聽懂。

老顧道：「夜兄弟，你就直接說結果吧。這個測不準定律，能救我們出去嗎？」

「能！」夜諾點點頭：「給我紙筆，跟著我的指令，一秒鐘都不能遲疑。我們就能出去。」

夜諾在這詭異的江水中，分明察覺到了什麼。他卻並不明著解釋，在駕駛室裡，抓過紙筆就算起來。

一個個密密麻麻的公式被他寫出來，立公式，解公式。

慕婉托著腮看夜諾聚精會神的模樣，眼中全是崇拜的小星星。自己男人認真的樣子真帥，帥得她挪不開眼。

夜諾越寫越快。

在牛頓力學中，對一個運動的物體，能夠同時準確地測量它的動量和所處的位置，這是毫無疑問的。例如，公路上行駛的汽車，任一時刻的位置和速度都能夠被準確的測量，像測到了車速卻不知道汽車在哪裡這樣的怪事，在日常生活中是不會發生的。

同樣，在這片水域中發生的事，在正常的長江上，也不可能出現。

那必定是某個地方出了錯。造成出錯的原因，非常多。根據奧坎剃刀原理，如無必要，勿增實體，最簡潔的原因，恐怕就是真相所在。

原子、分子、正常、不正常。

他解公式的速度也越發的快，快得人目不暇接。全船的人都盯著他的手，看著他的手在紙上飛舞，卻沒有人看得懂他寫的公式，更不知道他在幹啥。

「那小子到底要幹嘛？」鄧浩堂堂高材生，只看到第二行就徹底放棄了，更不要說其他人。

老者一直警戒著，免得他弄出么蛾子。他手裡暗暗掐了個手訣，一有不對，就會發動慕婉背上的魚皮咒，讓這小丫頭神魂俱碎。

公式越寫越多，足足十幾分鐘後，夜諾終於開口道：「將船降低到十五節，左滿舵。」

船迅速減速，轉向。

夜諾一個又一個的命令不停的說出來，船員滿頭大汗，一邊執行，一邊喃喃自語：「兄弟，你這樣做可不行，船要壞了。媽的，真的要壞了。」

只見這艘偌大的打撈船一會兒加速，一會兒減速，一會兒左轉，一會兒右轉，整艘船像在發羊癲瘋似的。

就在船真的快被他弄壞，老者已經開始不耐煩的時候。

陡然，夜諾長長呼了一口氣。

說時遲那時快，面前的水域竟然變了一副模樣。水面變得更加漆黑，遠遠望去，甚至出現了朦朦朧朧的群山。

所有人都瞪大了眼，驚訝得合不攏嘴：「臥槽，真的出來了。」

夜諾瞎胡鬧似的把船折騰了一陣，居然真讓打撈船脫離那詭異的水域。每個人都震驚得不知道該說什麼好。

「糟糕，前邊有船。」還沒從可怕水域逃脫的驚喜中恢復，駕駛船的船員突然大驚失色，吼了一聲。

船上的人猛然抬頭，頓時嚇壞了。

不遠處，一條漆黑的巨大船隻赫然出現在捕撈船近在咫尺的位置，眼看就要撞上了！

這船，究竟是從哪裡冒出來的？

02

死寂鬼船

「停，快停下。」鄧浩尖叫。

船員瘋了似的使勁兒的拉下煞車，長北新捕撈船發出難聽的快要解體的聲音，船後螺旋槳拚命的反向轉動。

但是毫無意義，船仍舊以極快的速度，如離弦的箭般朝前竄。

老者一咬牙：「夜小兄弟，咱們一起聯手，將船停下來。」

夜諾點點頭，生死攸關，什麼過節也只能暫時擱下。畢竟船上的人現在是一串螞蚱，如果船毀了，落入水中，鬼知道會發生什麼更可怕的事。

船在快速朝前方撞去，距離龐大的黑船，只剩不到十公尺了。

老者一揚手，掏出一把魚皮符，厲喝道：「陰魂八截。」

魚皮符被扔到船頭，一大股黑色的屍氣從符咒中飄出，抵在了船的前方。夜諾也沒有閒著，他捏了幾個手訣，除穢術像不要錢似的打出：「冰破，冰絲，冰晶指。」

水上用冰咒，效果比陸地上好得多。可憐夜諾體內的暗能量恢復得本就不多，這幾個基礎的冰咒打出來，很快就將能量揮霍一空。

但是，效果還是有的。

船頭的水面結起了一層冰，冰絲將船底死死拽住，冰晶指頭般的從結冰的水面冒出來，增加船向前的阻力。

老者的巫術也非等閒，陰氣瀰漫，死氣縱橫。

終於，就在捕撈船硬生生的撞擊那艘黑色大船的瞬間，去勢頭歇止，緩慢的停在了黑船前方只有不足半公尺的位置。

船上的六個人滿頭冷汗，一臉死裡逃生的驚惶。

「終、終於停下了，不用死了。」老顧擦了下額頭汗水，身體還不住的發抖：「這艘船是從哪裡冒出來的？咦，我們該不會已經逃出那片死寂的水域了吧？」

夜諾探頭看了看，江水發黑，但水已會流動：「這裡是活水，還看得到山。應該逃出來了。」

老者哈哈大笑：「夜小兄弟，真有你的，你那個勞什子的測不準定律的除穢法，感情真的有用。」

夜諾腦袋上一排烏鴉飛過，老頭的智商也堪憂啊。都解釋過了，測不準定律，是科學，不是迷信。

「阿諾，這條黑船，我好像在哪裡見過。」慕婉抬頭看著近在咫尺的黑色大船。

這艘大船極為巨大，長北新大型打撈船在它跟前，顯得無比渺小。這艘船，分明是一艘巨大的遊輪，客房高六層，船身足足有幾十公尺高。它就靜靜的漂在水面上，也許是下了錨，無論水流怎麼走，始終一動不動。

甚至看不到任何人在船上走動。

這很不合理。因為兩艘船在一分鐘前險些相撞，哪怕是瞎子都能察覺到巨大的動靜。可自始至終，這艘遊輪上，沒有任何人走出來。

除非，船上，沒有人。這艘船，被遺棄了？

「這艘船，有點詭異啊。」眼前的船靜悄悄的，鄧浩打了個冷顫。

遊輪上乾乾淨淨，甲板上沒有任何雜物。死寂一般的無聲，一直從那艘船流淌過來，讓人不寒而慄。

夜諾瞇了瞇眼，臉色無比震撼：「小婉，這艘船不只你見過，其實我們所有人都見過。」

「啊。」慕婉愣了愣，之後視線移動到了遊輪船身旁，那碩大的名字上。

——嘉實遊輪 07 號。

一個月前，慕婉就是死在這艘遊輪上。而幾個小時前，在江面出現的鏡像裡，在那個龍門瀑布下方，也曾出現這艘船的身影。

可這條船，怎麼就唐突的停泊在這兒？船上的人呢，都去哪了？明明鏡像中，還有幾百個穿著黑色罩袍的人，在甲板上看著龍門下的怪魚群跳瀑布。那些黑衣人呢，又去了哪裡？

許多疑惑爬上來，爬進每個人的心中。

陰風不斷的颳著，從死了一般的嘉實遊輪上飄過來。慕婉不由得打了個抖，當她親眼看到了這艘遊輪後，不知為何，從靈魂深處湧出了一股恐懼。那恐懼，止都止不住。

少女怕得不停發抖，突然，一隻溫暖的手摸在了她的小腦袋上。

是夜諾，他撫摸著慕婉的頭。

慕婉頓時冷靜了下來，感受著他的溫暖，腦袋倚靠在他的腰上。靜靜的，就那麼靠著。她小小的雙手環著夜諾的腰，瞇著眼，長長的眼睫毛撲閃撲閃的，不知在想啥。

「不怕了吧？」夜諾問。

「嗯。」少女點了點頭：「但我總覺得，這艘船上有什麼東西，讓我恐懼不已。」

慕婉想了想，又道：「阿諾，千萬不要上這艘船，我有種預感，上去的話，或許我們所有人，都會死。」

夜諾面色一怔，深深的看了眼前的嘉實遊輪一眼。遊輪比捕撈船高得多，居於下方，想要看清全貌，很難。

想要弄清這艘船為什麼沒有人，為什麼被拋棄在這，就只能上船。但是慕婉的警告，卻不能不考慮。

女性的第六感，本就是一種玄學。同烏鴉嘴一個等級，不注意的話，冷不防的就會著了道，死無葬身之地。

老者也在猶豫，他想要上船去調查看看，但是心裡裝著事，而且似乎很急。最終，這位巫人一咬牙：「咱們走，快，先開船去馬家溝的追魂蕩上方，公司的撈屍人最後發定位的位置。」

這是他的目標。

夜諾皺眉問：「老頭，我一直都很好奇，你一個還算有實力的巫人，怎麼會冒出來蹚這池渾水？你跟鄧浩的捕撈公司有啥關係？還有，長江上到底發生了什麼事，為什麼越來越奇怪了。」

最重要的是，一個月前，前邊那艘遊輪上，一共有十三名少女自殺。她們的事，你知道嗎？」

老者根本沒回答，只是催促著船員將船往後倒，繞過死寂空無一人的嘉實遊輪07號，朝下游行駛而去。

船破開水面，一路行駛。

夜諾三人依然被關押回底層的船艙，鄧浩丟了幾包泡麵給他們。

「切，連熱水都沒有，怎麼泡麵啊。」夜諾咕噥著。

老顧看著沿途的風景，江邊兩側都是青山，模模糊糊朦朦朧朧，順著江水走的船，還算行走得順利。

但是老顧的臉色卻不太好：「喂，夜兄弟，怎麼這沿途的風景，我老顧從來都沒有見過？這裡真的是長江邊上嗎？」

夜諾把泡麵當乾脆麵咀嚼，補充體力：「怎麼，是不是覺得陌生？」

「不光是陌生，我還覺得兩岸的山，挺怪的。」老顧欲言又止，彷彿覺得自己的想法很離譜似的。

夜諾撇撇嘴：「你是不是還覺得，岸上的那些山不像山，無論船怎麼行駛，都沒辦法將這些山當作參照物？」

「對，啊啊啊，對對對，老顧我就是這個意思。」老顧連連點頭，到底人家夜諾是文化人，他摸不清的想法，人家三言兩句就點透了。

夜諾冷哼一聲：「因為那些山，本就不是山。江水兩岸的岸，更不是什麼岸邊。我倒覺得，這些東西，更像是舞台劇中畫上去的背景，無論船怎麼動，背景都從來沒有動過。」

他指了指遠山上的一座涼亭：「你看那座山，距離我們大約直線兩公里遠。一個小時前，涼亭就在相同的位置。」

老顧驚訝的道：「夜小兄弟，你的意思是，我們行船這麼久，壓根就沒有朝前走？」

「不，我們確實是朝前走了。但並不是真正意義上的朝前走，或許，我們一直都在兜圈子。」夜諾淡淡一笑：「看吧，想來要不了多久，那老頭，又要把我們請上去了。」

果然，沒過多久，船前出現了驚人的一幕。所有人都驚訝得合不攏嘴，因為夏天潮濕的江面薄霧中，前方水域模糊的出現了一艘龐大的船。

船員和鄧浩都精神一振，畢竟船上的儀器仍舊失靈，無法與外界溝通，而且周圍的氣氛，極為壓抑，令人難受。

陡然看到別的船，確實會讓人振奮。

船員迫不及待的拉了幾下汽笛，示意那艘大船，有船過來了。可是那艘大船，卻沒有發出回應的聲響。死寂在繼續，那艘船一動不動，黑漆漆的船身，讓人有種很不舒服的預感。

離船近了，船員和鄧浩詫異的瞪大了眼。

因為那艘大船的船身徹底顯露在他們的視線中，和想像中不太一樣。這艘船，船上所有人都熟悉。

分明正是剛才的嘉實遊輪 07 號，兜兜轉轉了一圈後，他們整船的人，居然又繞了回來！

「不可能。」鄧浩咬牙切齒，臉色發黑：「我們明明順著江水一路下去，一直在朝下游航行。怎麼會回到上游的遊輪附近，這太不科學了。」

老者腳一踩，踩得甲板大聲響動：「怕是這個除穢陣，是一環套一環的，我們逃掉了第一層，來到了第二層中。」

江面的薄霧猶如一層薄紗，飄在淡黑的水上。黑色的巨船死氣沉沉，聳立在不遠處。

「那怎麼辦？」鄧浩急問。

「繼續前進，我們再次順著江水行駛，這一次看清楚。只要是除穢陣，就一定能找到陣腳。」老者道。

「要不，再叫夜諾他們上來。他能解除第一道陣法，那麼肯定也能解除第二道。」鄧浩猶豫的問。

老者想了想後，最終搖了搖腦袋：「那小朋友狡猾得很，我明明在那丫頭身上布了魚皮咒，可他卻絲毫不害怕。想必是早就有了後手，再把他放出來，這小朋友肯定會跟我談條件。老子活了六十多年，也不一定聰明得過他。」

船員按老者的吩咐，再次駕駛船繞過了嘉實號遊輪。

被關起來的夜諾看著那艘遊輪遠離，笑道：「老頭還挺沉得住氣。」

就在這時，一直看著窗外的慕婉，突然臉色大變，變得慘白無比。她用小手一把拽住夜諾的衣袖，險些嚇得倒在地上。

「怎麼了？」夜諾奇怪的問。

「船上有人！」慕婉大聲說。

夜諾連忙望過去，嘉實遊輪的甲板、船舷和走廊上，依然空蕩蕩的，透著瘆人的冰冷氣息。但哪裡有什麼人？

「真的，剛剛我看到了。」慕婉渾身顫抖：「我餘光瞟過那艘船的時候，看到一個模樣古怪的女孩，正對著我招手。那女孩的臉，我很熟悉，可偏偏記不得在哪裡見過。」

「什麼時候看到的？」夜諾問。

「就在半分鐘前，在那個位置。」慕婉伸出手，指著第二層船艙的中段：「那個女人穿著慘白的衣服，衣服破破爛爛的。隔得太遠了，其他的我就看不清楚了。但她，我肯定認識！」

夜諾抄起望遠鏡，看了過去。

望遠鏡的視界不算大，落在了慕婉指的地方。嘉實遊輪二樓的走廊空蕩蕩的，但是非常乾淨：「沒人啊……」

突然，夜諾的瞳孔一縮。

他隔著二樓欄杆，看到了地板上印著一串腳印，濕漉漉的腳印。彷佛有什麼人從江水中游過，才渾身濕透的上船。

可那濕漉的腳印，只出現在走廊地面，沒有任何它行走中產生的痕跡。那些腳印，唐突的出現在遊輪的第二層甲板，毫無走來的蹤跡，也無離開的腳印。

腳印的主人，曾經就那麼出現了一小會兒，隔著幾十公尺盯著慕婉看了一會兒，之後就憑空消失了！

夜諾怵得慌，只感到背上一股冷氣直冒。

那艘船，實在是太詭異了。

長北新捕撈船第二次逐漸遠離嘉實遊輪，窗外的風景依舊，遠山還是那些遠山，真的如同背景似的，一成不變。

一個多小時後，縱然萬般小心，捕撈船再次看到了嘉實遊輪那巨大的船身。

船上的老者和鄧浩，就快要絕望了。

但老者仍舊不打算放夜諾出來，向他求助。

「這次不要再朝下游行駛。我們駛到岸上，走陸路！」老者指著右側的對岸。

長江兩岸左右都不太遠，這段江面，大約只有兩公里多一些。捕撈船如果開快點，十幾分鐘就能到岸上。

船員有些為難：「巫大人，這片水域的水文狀況我們都不清楚，長江中從來都是暗礁林立，一不小心還沒到岸上，怕就會被水底的暗礁弄得船毀人亡。」

「儘管開就是了，老夫自有辦法。」老者擺擺手，走到船頭，在船上貼了一道魚皮符，之後閉上了眼。

船員沒辦法，提心吊膽的調轉船頭，朝岸邊行駛過去。

船不斷的破開水面，橫在江水中。淡黑色的江水拍打著船體，發出單調難聽的咯吱脆響。這一開，就是接近一個小時。

明明只有一公里多一點的距離，打撈船無論怎麼開，彷彿都無法跟河岸拉近距離。遠山還是遠山，山上的風景依舊，遙遙的甚至能看到山頂蒼翠的樹木，和那定睛之筆般的亭子。

可，他們就是無法靠近。

船的後方，水天一色，空空蕩蕩。嘉實游輪已經完全看不到了蹤影，鄧浩皺著眉，這太不對勁兒了。以遊輪的巨大，哪怕在岸上都能看到它。可橫著行駛的打撈船前的水路，彷彿沒有盡頭似的，對岸，遙遙無期。

「小心！」老者猛地睜開眼，厲喝一聲。

船員心臟都快嚇得跳出來了，不知從什麼地方，竟然突然的闖入了一條巨大的黑船。那船橫在江面，擋住了捕撈船的行駛路線。

如果不是老巫及時預警，他們肯定會撞上。

巨大的黑船近了，駕駛船的船員、老者以及鄧浩，同時都面色一怔，流露出比絕望還要絕望的精采表情。

那艘船，又是死氣沉沉的嘉實遊輪 07 號，他們始終沒有逃出去。無論是從游輪的前方、後方，還是左右，這艘船陰魂不散，始終在終點等待著他們。

完全沒轍了。

老者認輸了似的，擺擺手，有氣無力的對鄧浩道：「去把夜諾小朋友帶上來吧，客氣點。沒他，我們逃不出去。」

夜諾三人，再次來到甲板上。

「喲，老頭，又搞不定了吧。」他笑得很犯賤。

老者噎了一下，嘆口氣：「夜小兄弟，你能破解得了現在的陣法嗎？我們一直都在這艘遊輪附近打轉，無論如何都逃不掉。」

「能。」夜諾點頭。

「什麼條件！」老者門清得很，夜諾肯定不會爽快的配合。而自己急著出去，再待下去，一切就都晚了。

夜諾笑嘻嘻的：「老頭你倒是懂。我的條件很簡單，把你知道的一切，都告訴我。」

「我知道的？這個條件太廣泛了。」老者搖頭。

夜諾拉過慕婉道：「一個月前，眼前的那艘遊輪上，發生了一件事。同時有十三名少女，從船上跳江自殺了。我們受其中一名女孩的父親所託，徹查這件事，並將找回少女的屍體。人道是活要見人死要見屍，最少，也要入土為安，免得那姑娘，變成了永生漂泊在長江中的亡魂。」

「你要尋找那十三名少女之一的遺體？」老者的臉色變了幾變。

「不錯。」夜諾點頭：「我想問的是，你在那些少女的死亡中，扮演怎樣的角色？你為什麼隱藏在這艘船裡，還利用鄧浩去尋找失蹤的撈屍人。那些撈屍人手中，是不是有你必須要得到的東西？」

「還有，你這麼焦急，又是為什麼？」

老者鐵青著臉，搖頭道：「夜小兄弟，你想知道的太多了。雖然你有點鬼門道，可畢竟實力薄弱。知道了不該知道的，只會害了你。」

「你不早就打我和這丫頭的主意了嗎？」夜諾滿不在乎：「你給我我想要的資訊，我就救你們出去。」

「不行，其中的隱情，不能告訴你。」老者嘴巴很嚴，而且很固執。

「那你看看，這是什麼。」夜諾從身上一摸，摸出了一塊令牌模樣的東西來。這沉重的令牌，通體都是由狗頭金構成，在陽光下閃爍著炫目的光。

老者的瞳孔猛地縮了一下，他大吃一驚，下意識伸手就抓向那塊令牌：「這長江十三令，你是從哪裡弄來的？」

「長江偃師打撈公司後邊的停屍間，有一具紅色的棺材。棺材裡的女屍，是你放進去的，對吧。還有停屍間門口的除穢陣，也是你布置的？」夜諾問。

「給我。」老者猴急的雙手連連抓過來。

「不要搶，再搶，我就扔下去。」夜諾後退幾步，將拿著令牌的手，探出船舷。眼看就要放手了。

「不要！」老者驚呼道。

夜諾就這麼將黃金令牌用兩根指頭夾著，下方就是江水滔滔，只要令牌一掉入水中，就再也不可能找到。

老者嘆了口氣：「罷了罷了罷了，既然你都找到了那個女屍身上的長江令，想來也知道了不少內情。我將我所知道的一切，告訴你也行。但是——」

「沒有但是，現在就告訴我。」夜諾打斷他，霸道的說。這口氣，完全不像是弱小者面對強者的語氣。

老者氣得鼻子都歪了，平常哪有人敢這麼對他說話。何況夜諾不過只是個 F4 罷了，類似這樣實力的傢伙，自己一隻手都不知道能捏碎多少個。

可現在，他偏偏有求於人。而夜諾雖然實力低微，但古怪得很，顯然還有後手，也不是他隨隨便便能捏死的。

老者沉默了一下，他惱火都快要衝頂了。最後還是化為了一絲嘆息，對夜諾，他軟硬都沒用。慕婉身上貼的那張魚皮咒，他竟不敢貿然發動。

夜諾肯定有後手，所以才大大方方的讓自己將魚皮咒貼在那小姑娘背上。他根本不怕自己。

還是乖乖的合作吧。

腦中一瞬間閃過千般想法，老者最後卻老實了。

夜諾有恃無恐的態度，讓他後背發麻。

「夜小兄弟，你只知道我是巫人，長江上的巫人。但還不知道我的名字，對吧。」老者從口袋裡摸出旱菸袋，也不急了，抽了幾口後，這才道：「我叫劉十三，這是我師父給我取的名字。」

劉十三今年六十六歲，在長江兩岸很有威望。實力幾乎就要突破中巫，有生之年，甚至可以瞧上一眼大巫。

巫，是長江兩岸自古就有的稱謂。世人和考古學家對長江巫人的調查研究，和古籍記載中對於巫的解釋類似。

相傳，巫的本義並沒有善惡，辭海對巫的解釋一是醫生，二是舞蹈者。

而巫最早是一個人的名字，此人是黃帝的私人醫生，後來幫助黃帝打敗了炎帝，建立新的王朝，算是華夏的開國功臣。黃帝將長江三峽中間的幾座秀美山峰賞給他，其山至此以巫命名，稱巫山。巫的後代便生活在巫山一帶，成為巫文化的創始人。

所以巫，都出自同一個地方，那就是巫山。那座「曾經滄海難為水，除卻巫山不是雲」的巫山。只有巫山出來的巫，才是真正的巫人，擁有神秘莫測的本領。

劉十三打小就有慧根，被師父帶去巫山修煉。他的天賦很不錯，三十歲光景，就已經摸到了下巫的門檻。出了師，輪轉著到各個村莊坐鎮。

六十歲那年，他覺得自己快要突破到中巫了，於是尋了個山清水秀的村落，就在村子的祠堂住了下來。這一住，就是六年。

那個村子叫做習陽村。

大半個月前，劉十三正在屋子裡打坐。一個年輕人跌跌撞撞的衝了進來。看到那年輕人的瞬間，劉十三嚇了一大跳。

這個年輕人叫做蔣雄，今年剛三十歲，高中畢業後就離開了習陽村去沿海打工，娶妻生子後，今年才剛回到村子。

他的爺爺，是遠近聞名的老水鬼。幾十年來，打撈過許多棘手的屍體。劉十三對蔣雄的爺爺印象很深。

但跑過來的蔣雄，今天卻有點不同。他跑步的姿勢一瘸一拐，且渾身散發著一股煞氣。隨著他的奔跑，龐大的煞氣猶如黑雲似的，不斷落入旁邊的土地裡。他一步一個腳印，走過之處，草全枯萎了。

劉十三倒吸一口氣，這情況，他從未見過。一個好好的人，怎麼會有如此強的煞氣？

「巫大人，救命，快去救救我爺爺。」蔣雄一看到劉十三，就跪在地上。

「你爺爺怎麼了？」劉十三捏了個咒，拍在蔣雄的腦門上，想要把他身上的煞氣拍散。

可一拍，煞氣只脫體了一秒，就又陰魂不散的黏了回來。

怪了，這煞氣，太怪了。

「我爺爺昨天跟我一起去打魚，我們的船到了窩溝子後，就發現那地方詭異得很，有許多從來沒有看到過的大魚跳出來。」蔣雄結結巴巴的將事情說了一遍。

說道他怎麼貪心，將大魚捕撈上船。結果最終撈到了一具可怕的女屍，爺爺把女屍撈起來後，竟然在那具女屍身上發現了一塊令牌般的狗頭金。

爺爺嚇了一大跳，瘋了似的想把女屍扔下船。可不知什麼情況，蔣雄背過身沒看清楚時，就感覺整艘船都震動了一下，自己的嘴巴猛地被爺爺捂住。

蔣雄的口鼻都被捂得結結實實，只剩下耳邊傳來爺爺冷不丁的一句話：不要呼吸。

他憋著氣，胸都要爆炸了。可爺爺還是不放開他，蔣雄只感覺腳下的船震動得越來越古怪，他慭得慌，最後眼睛一翻，被爺爺捂得暈了過去。

醒來後，他們的船已經回到了習陽村的碼頭。爺爺和船上的女屍全不見蹤影。地上寫了一行血字，是爺爺倉促的用自己的血寫上去的。

爺爺說自己先回家了，讓蔣雄立刻去山上找巫大人。只有巫大人才能救他們。清醒的蔣雄感覺渾身都不舒服，他清楚，爺爺一定遇到了危險。所以他強忍著不適感，但每往前走一步，都感到極度的疲憊。好不容易，他才來到劉十三住的地方。

「巫大人，那具女屍很有可能就是一個禮拜前從遊輪上跳下來的十三名少女之一。那女屍非常邪門，爺爺肯定是帶女屍去養屍池了。」蔣雄道。

劉十三聽完，眉頭猛地跳了好幾下，心中湧上一股極為不祥的預感：「蔣雄，你說那女屍腿上，用青銅鏈子拴著一塊狗頭金令牌？」

「對。」蔣雄回答。他說話的時候，口腔裡也在噴出黑色的煞氣，面色越來越差。

劉十三臉色陰晴不定，他沉吟片刻，突然問：「蔣雄，你有沒有覺得哪裡不舒服？」

「有，渾身都不舒服，難受死了。骨頭皮膚都又痛又癢又麻。」蔣雄說話間，一直在用手到處撓癢，撓得右大腿血肉模糊。

劉十三閃電一般的探手，抓住了他的手腕，一摸脈。他臉色大變。蔣雄的脈搏時斷時續，這是將死之人才有的脈象。但他看起來除了一身煞氣外，並不像是就快要死的人。

「你是第一個碰那令牌的？」劉十三問。

蔣雄點頭。

劉十三皺眉。如果那塊令牌，和自己想的一樣，大事就不好了。他迅速的抽出一張製作好的魚皮紙。

這魚皮紙非常講究，用的是長江中打撈上來的鯉魚，必須要十歲的才勉強夠用。鯉魚年紀越大越好。刮去魚鱗，風乾，然後再用各種秘法泡製，十張中才能得到一張而已。

巫人的實力，和魚皮紙密不可分。

這張魚皮紙，是劉十三四十多歲那年以一張三十年老鯉魚的皮製作的，異常珍貴。

猶豫了片刻後，他終於咬破指尖，用血在魚皮紙上畫了一道符。劉十三把魚皮符貼在蔣雄的背上，吩咐他無論如何都不能將這道符扯下來。

蔣雄所在的習陽村，所有人都很尊敬巫。他從來沒有看過劉十三這麼凝重。

「走，去你家看看。」劉十三將蔣雄身上的煞氣封印後，蔣雄舒服了許多。

劉十三先回屋子，拿走自己慣用的法器和所有魚皮符。帶著蔣雄，朝山腳下走。

他住在習陽村東邊的一座小山上，這裡是村子裡的祠堂，通常有紅白事的時候，他心情好也會賜福新人，為逝去的死者祈禱。祠堂後的一眾房屋，他住了好幾年。

走的時候，他回頭看了看自己的居所，微微嘆了口氣。

他明白，令牌出現時，便到了他離開的時候。這一走什麼時候還能回來，就不清楚了。

下了山就能看到長江，以往奔騰不休的長江，今天卻出奇的靜謐。一路上鳥叫蟲鳴全都消失得無影無蹤，彷彿預感到即將發生不祥的事。

不久後，兩人就來到蔣雄的家。

家裡靜悄悄的，平時蔣雄的妻子兒女都在鎮上生活讀書，只有放假了才會回來。這個偌大的靠近江水的老屋子，是蔣雄和他爺爺為了方便打魚，才一直住著。

老爺子回來後，沒有發出任何聲音。

「爺爺。」蔣雄叫了兩聲後，依然沒有得到老爺子的回應。

「你爺爺說，他將女屍帶去了養屍池，對吧？」劉十三的眼神陰晴不定。

「對。」蔣雄點點頭，他覺著老屋子突然變得陰森森的，彷彿有無數冤魂厲鬼在遊蕩。他猛地打了個冷擺子。

從前長江邊上的職業撈屍人，都會在家裡挖一個養屍池。這池子也沒什麼特別的，和魚塘差不多。但卻要選擇常年背陰面，終年照不到陽光的位置。說是養屍池，聽起來怪可怖的；但有其科學依據。畢竟撈屍人在長江中打撈到了屍體後，家屬並不會很快就將屍體拉走。畢竟那時候的車馬很慢很貴，交通也不發達。有些屍體，甚至要在養屍池中待好幾年。

所以撈屍人會把屍體保存在類似撈起它們之處的環境裡，再配以秘製的防腐劑，讓屍體不會迅速腐爛，便於保存。

蔣雄的爺爺現在已經不幹撈屍匠這行當了，轉行當職業漁民。養屍池中也早就沒了屍體，甚至池子中的水，也在十多年前徹底乾涸，池子便廢棄了。

「走，去養屍池。」劉十三在空氣裡聞了聞。

周圍的屍氣濃重。這屍氣味道很怪，沒有腐味，竟然還有些淡淡的香氣。這可不是什麼好徵兆。

他從包裡抽出一把魚骨劍。白森森的，是用三十年以上的老脊骨魚的魚骨頭製成的魚骨劍，在夕陽中，閃爍著慘白的光。

兩人順著小路，繞過小屋子，來到了養屍池旁。

這乾涸的養屍池，竟然已經被灌滿了水。最詭異的是，一池子的水，竟然全是黑色的。黑得像是石油。

味道也有些像。

「池子裡倒了汽油！」蔣雄愣了愣：「我爺爺呢？」

附近沒看到爺爺的身影。

「你爺爺，顯然是想點燃汽油，將女屍燒掉。」劉十三環顧四周。周圍沒有絲毫打鬥的痕跡。

汽油全倒入養屍池，卻沒有點燃。

怪了，蔣雄的爺爺，倒是去了哪兒？

一股陰風吹來，吹得兩人都後背發涼。

突然，劉十三感覺背後涼颼颼的，一陣破空聲，響了起來。

—03— 恐怖女屍

帶著一股腐臭的味道，襲擊者的速度飛快。

劉十三也不慢，他一雙肉掌往身旁的牆壁上一撐，整個人瞬間朝左邊飄走。襲擊者撲了個空，踉蹌的險些摔倒。

「爺爺！」蔣雄驚呼一聲。

劉十三轉頭看去，襲擊自己的，竟然真的是蔣雄的爺爺。

這位接近八十的老者，身上的衣服破爛，渾身上下遍布傷痕。那些傷痕非常深，甚至有好幾處都露出了森白的骨頭來。

那麼多的傷口，老爺子竟然都還一聲不吭，而且瘋了似的，不斷攻擊劉十三。

劉十三哪裡還不明白，這老爺子，怕已經是一具屍體了。

「你爺爺，已經死了。」劉十三淡淡道。他右手捏了個手訣，趁著老爺子再次撲過來的瞬間，將中指按在了它的眉心。

老爺子掙扎了幾下，嘴中猛地吐出一口黑氣。

那黑氣腥臭難聞，嗆得人險些喘不過氣來。

「我爺爺明明還能動，你怎麼能說他死了。」蔣雄怒道：「快把我爺爺放開。」

「瓜娃子，你自己來看。」劉十三用魚骨劍壓住老爺子的身體。老爺子不斷的掙扎，咧開的嘴中牙齒漆黑，最可怕的是，他的上排兩根牙齒，竟然變長了，猶如動物的獠牙般，閃著怪異的寒光。

爺爺的眼睛也沒對焦，焦黃渾濁，沒有理智，只有瘋狂。

蔣雄嚇得猛地退後兩步，顫抖著問：「我爺爺，他怎麼了？」

「他屍毒攻心，本來已經死了。但是殺死他的女屍非常厲害，光是屍毒，就在極短時間裡，將他變為行屍。而且還不是一般的行屍。」劉十三額頭滴下一滴冷汗。一般的行屍，抵擋不住他的巫術。但老爺子被他的巫術封住後，屍毒竟然不散，還張牙舞爪的想要咬他。

蔣雄從長江中撈出來的那具女屍，肯定不一般。

劉十三從身上掏出一張魚皮符，貼在了老爺子的眉心中央。死掉的老爺子終於不再動彈，他吩咐：「蔣雄，去看看有沒有剩下的汽油，把你爺爺火化了。否則他還會繼續作怪。」

「爺爺，我爺爺死得好慘。巫大人，你可要替我爺爺報仇。」蔣雄見爺爺真死了，「哇」的一聲沒忍住，堂堂七尺男兒就這麼哭起來。

「哭個錘子，趕緊把屍體火化了。」劉十三嘆了口氣。

這老爺子當了一生老水鬼，積了不少陰德，可惜老了卻落到這種下場。他在老爺子的眼皮上一抹，讓屍體閉眼。

然後繞著養屍池走了一圈。

老爺子是條真漢子，生前強忍著屍毒的痛苦，將女屍放入養屍池中，本想將屍體焚燒乾淨。可惜，最後卻遭了變故。莫不是女屍，屍變了？

那具屍體，還在養屍池中嗎？

天陰沉得厲害，陰風不斷的颳過來，吹得人涼颼颼的。古怪的異香瀰漫，壓著養屍池內的屍臭味和汽油味。

他沒看出端倪。

劉十三心想，必須要搞清楚女屍究竟在不在池子中，然後把屍體腿上纏著的黃金令牌弄上來看看，辨認一下那令牌，到底是不是自己想的那一塊。

他決定下池子。

養屍池裡的水黑乎乎的，渾濁無比。上邊漂著油膩的汽油，污穢不堪，根本看不清楚池子下邊的情況。

不過養屍池通常不深，最多一公尺。

他一咬牙，在手腳上分別貼了四張魚皮符。手中持著魚骨劍，一腳踩入冰冷骯髒的池水中。

養屍池裡的水引的是長江水，皮膚才一接觸，就感覺冰冷無比。刺骨的陰冷讓劉十三眉頭大皺。現在可是五月，長江水的溫度不算低，怎麼著也有個二十多度。但是這剛剛灌滿的池水，卻最多只有三度而已，泡在水中，他覺得自己的腿腳都要結冰了。

劉十三向前邁一步，雙腿都浸入養屍池。

這養屍池的水沒在腰部位置，果然不深，但是又冷又黏稠。他探手，朝水中摸去。養屍池邊上，沒有任何東西。

他緩慢的一邊摸一邊往前走。

當走到養屍池中央的時候，天已經漆黑，太陽徹底落入山後邊。山村中的夜晚來得很陡然。只要一落日，就立刻會變得伸手不見五指。

黑暗，降臨了。

劉十三心頭一抖，他的手正好摸到了一根細細的鎖鏈。隨著手動，鎖鏈發出一陣嘩啦啦的金屬脆響。

他連忙把鎖鏈拉起來。

「蔣雄，給我找一盞燈來。」劉十三看不清鎖鏈的樣子，連忙吩咐道。

但是剛剛還在養屍池邊上忙活著，準備要燒掉自己爺爺屍體的蔣雄，卻沒有發出絲毫的聲音，就如同人間蒸發了似的，安靜得異常詭異。

「奶奶的。」劉十三罵了一句，這小子簡直靠不住。他將魚骨劍夾在腋下，從懷中掏出一支小手電筒，仔細的觀察這鎖鏈。

這鎖鏈不過是尋常的鐵鎖鏈罷了，並不是蔣雄當初形容的什麼青銅鎖鏈。隨著他將鎖鏈拉出水面，水面下的鎖鏈也出現在了他眼前。

這截鎖鏈大約兩公尺長，沒有鐵鏽，應該是不久前才放入養屍池的。這只是其中一段而已，鐵鏈應該是老爺子剛剛用來捆什麼東西的。但現在已經斷成了一截一截。

什麼東西那麼大力氣，竟然能將指頭粗的鐵鏈子生生震斷。

老爺子用鐵鏈子捆了什麼，那具女屍嗎？女屍哪去了？

不多時，劉十三已經將整個養屍池都摸了個遍，哪裡有女屍的蹤跡。他疑惑的從水中爬出來，一探頭，就看到了蔣雄的大臉盤子。

只見蔣雄瞪大了眼，瞳孔渙散充滿血絲。他的腦袋掛在屋簷下，但身體已經不見了蹤影。

脖子以下，居然是被咬斷的。

「格老子。」猛地看到這麼恐怖的一幕，饒是劉十三也嚇了一大跳。

蔣雄居然悄無聲息的就死了，而且死狀那麼悽慘。難不成是女屍搞的鬼？可他為什麼什麼聲音也沒聽到？

劉十三感到有些棘手，這女屍實在是太古怪了。

一入夜，山裡就開始涼起來。劉十三猛地打了幾個冷擺子，手將魚骨劍抓得更加牢。四周黑乎乎的，除了手中那一支小手電筒能夠照明，就只剩陰風颳個不停。

周圍的一草一木，彷彿都帶著敵意，讓劉十三神經緊張。他當了大半輩子的巫，在巫人中也算小有成就，還是第一次感覺這麼驚悚。

老爺子屍體上的魚皮符沒有被動過。劉十三用手電筒照亮地面，看到蔣雄死後，留下的一大灘血。

他的身體如破布般，被肢解了，肢解他的東西非常鋒利，切口平滑，割開他的皮肉骨頭像是在切豆腐。

劉十三查看了一下，頓時倒吸一口氣。

肢解蔣雄的東西，極有可能是細長的指甲。蔣雄的五臟六腑都被掏了出來，心臟不見了，脾臟只剩下一半，留有啃咬過的痕跡。

「不好。女屍吃了蔣雄的心臟，還喝了他的血。算是開了葷了！」劉十三心臟猛跳幾下。

屍變的屍體如果開了葷，後果不堪設想。特別是那具詭異的女屍，誰知道它會變得多凶厲。

必須盡快將女屍找到。

這女屍來去無聲，劉十三這輩子遇過不少屍體屍變，可第一次碰到明明在他旁邊殺人吃屍，自己卻一丁點聲音都沒有聽到。

不太正常。

這女屍，或許還保留了基本的本能。它知道劉十三和普通人不一樣，所以故意躲著他。但是女屍，逃去了哪裡？

「吒！」劉十三摸出一把魚鱗，撒在地上後，掐了個手訣。

魚鱗頓時亮起來，在地上蠕動，形成了一條彎彎曲曲的線。這些魚鱗經過秘製，能夠探測屍氣。

只要女屍走過的地方，在魚鱗前就遁之有形。

魚鱗歪歪扭扭，一直朝著山坡下村子的方向蔓延而去。

劉十三又叫一聲不好：「該死，那孽障朝村子去了。怕是知道村子裡有更多血食，想要吃個痛快。」

他連忙抓著魚骨劍，朝村子方向飛奔。

還沒到村子口，就聞到了一陣濃烈的血腥味。整個習陽村兩百多口人，居然被那女屍全部殺絕，屍橫遍野。

所有村民被屠戮致死時，都沒搞明白究竟怎麼回事，他們的腦袋就被女屍尖銳如利刃的指甲割斷，身體中的血液被吸光。

劉十三眼珠子氣得都發紅了，這孽障，好生歹毒。它不停的吸食血液，如果再照到月光，那就真的不得了了。

還好，今晚烏雲密布，沒有月亮。

黑暗無邊的村子中，流淌著血味，每家每戶大人小孩，剩下的只有逐漸冰冷的屍體。劉十三站在村子中央，用魚鱗指路。

女屍殺戮的速度極快，魚鱗交錯縱橫，根本就無法找到正確的方向。

他手裡緊緊握著魚骨劍，眼光如電。女屍短時間吃了這麼多血食，不可能逃遠。它或許躲在村子的某個地方，正陰森森的用猩紅眼珠子，偷瞅著自己。

劉十三慢慢踱步往前走，突地一下，他手中捏住的魚皮符猛地飛了出去。飛到一棟屋子的門後邊。

門轟然碎裂，一個帶著怪異氣息的白色身影一閃，就朝劉十三撲過來。

劉十三冷哼一聲，魚骨劍刺過去，將那白色身影刺了個透心涼。但是魚骨劍一入那身軀，他就暗叫不好。

刺中的身體軟綿綿的，像是剛死不久。

但是吃了血食的屍變女屍，渾身肌肉應該僵硬無比，這手感，不對。

他連忙將魚骨劍抽出來，想要向後退兩步。說時遲那時快，一個身影飄蕩過來，影子快到令人眼花繚亂，還帶著一串輕不可聞的鎖鏈碰撞的聲響。

「孽畜，終於現真身了。」劉十三一驚，掏出的魚皮符朝那身影拍過去。魚皮符上光影流轉，在這黑暗的村子中留下了一抹紅色掠影。

女屍本能的察覺到這魚皮符的可怕，竟然不和魚皮符正面碰撞。反倒身上金屬碰撞的聲響更加劇烈了，只聽黑暗中有破空聲傳來，魚皮符被女屍身上的銅鎖鏈擊飛。

劉十三暗叫不好，女屍已經撲到了他跟前，尖銳的十根指甲寒光四溢，眼看就要將他的喉嚨刺穿。

他在地上猛地一踩，手中魚骨劍揮出，將女屍指甲擊開。魚骨劍碰撞在女屍指甲上，發出劈哩啪啦一陣巨響，綻放無數火花，稍微照亮了四周。

藉著這火花的微弱光芒，劉十三終於看清楚了女屍的模樣。它披頭散髮，遮著臉。透過那亂草般的頭髮縫隙，能看到一對猩紅的眸子。

女屍已經開了眼，眸子中冷冷的光充滿了邪異。

這對眼珠子，看得劉十三不寒而慄。因為這女屍，實在是太古怪了。眼中雖然沒有任何感情色彩，只有殘忍和戾氣，但偏偏它看劉十三的時候，讓劉十三有一種怪異感。

彷彿，它還活著似的。

「孽畜，殺了這麼多人，還不伏法。」劉十三厲喝一聲，手中魚骨劍一繞，從下往上劃向女屍的心門。

只要刺入心門，女屍心中的戾氣一散，它自然就會變成真正的屍體。

但這女屍著實怪得很，魚骨劍刺中後，竟然有一種軟綿綿的刺空了的空蕩蕩感覺。劍尖怎麼都刺不進去。

女屍手一揚，抓住了魚骨劍的劍身。

魚骨劍中含有強大的驅邪力量，可女屍彷彿不怕似的。然而，它的手碰到魚骨劍，猶如放入油鍋中，猛地一陣劈哩啪啦響。

女屍猛地將魚骨劍往外拉，巨大的力量讓劉十三的身體都被提了起來。

他被女屍遠遠的扔了出去。

劉十三冷哼一聲，手探入黑色的巫人袍中，抓出好幾張魚皮符，咬破指尖，唸了個咒。掌心魚皮符頓時無風自動，飛了起來，朝女屍貼過去。

女屍向後一蹦一跳的躲入民宅中。

劉十三左手抓魚骨劍，右手抓魚皮符追了進去。民宅中發出震耳欲聾的響聲，這女屍雖然怪，但是屍變時間尚短，並不是劉十三的對手。沒多久，女屍就被劉十三打出了民宅，悽慘的落在了一棵榆樹跟前。

劉十三咬破舌尖血，一口噴在魚骨劍上。魚骨劍頓時精光大盛，他用力將魚骨劍扔出，把女屍刺了個透心涼。

女屍被魚骨劍刺中，身體被劍牢牢的釘在老榆樹上，它雙腿懸空，猶自瘋狂的擺動著。

劉十三眼疾手快，連忙將一張魚皮符貼在女屍額頭上，這詭異女屍終於沒再動彈了。女屍的腦袋垂下，凌亂的頭髮掩蓋著面容，白色的破爛衣裙包裹著生前姣好的身材。

「可惜了，這女孩生前應該也是天之驕子。」劉十三嘆了口氣。

他順著女屍白皙的腳踝一路看下去，終於找到了蔣雄說的青銅鎖鏈。這條青銅鎖鏈小指頭粗細，上邊密密麻麻的刻著許多奇怪的文字。這些文字，哪怕是學過巫文的劉十三，也看不懂。

鎖鏈有些年頭了，上邊開滿了銅鏽花，斑駁卻堅硬。順著鎖鏈繼續拉，在嘩啦作響聲中，劉十三的眼睛猛地一縮。

一抹亮色躍然眼中。

女屍腿上果然有一塊沉重的狗頭金製作的令牌。

「這，確實是長江十三令！」等劉十三看清了令牌的模樣時，他大駭道。

長江十三令，在巫山中也有幾塊。劉十三當初晉級小巫時，師父特意帶自己去看過。這令牌看起來平平無奇，卻被巫山的大巫們用各種強大的巫術封印著。

劉十三沒看出什麼端倪。

但是師父一再叮囑他，長江十三令一共有十三塊，如果發現了其中之一，一定要回巫山稟告大巫們。這件事很重要。

而且如果十三令入了長江水，那事情就變得非常糟糕。

當初劉十三年紀還不大，他問師父，長江十三令最糟糕的情況是什麼？

師父沉默了片刻，說，如果看到長江十三令被人捆在陰人的腿上，丟入長江中，那便是最糟糕的情況。

至於發生這種事情後，究竟會多麼糟糕，師父卻沒有說。

但顯然，現在的情形，就是師父口中最糟糕的。這白衣女子應該就是名陰人。

「必須要盡快將令牌取下來。」劉十三翻轉魚骨劍，一劍砍在銅鎖鏈上。

銅鏈子發出「劈啪」一陣脆響，猛地表面文字金光乍現，居然紋絲不動，連傷痕都沒留下。

「這銅鏈子果然不一般。」見砍不斷銅鏈子，劉十三的視線落在了女屍的腿上。

被江水浸泡了七、八天的女屍，腿居然還像蓮藕一般白皙，沒有腐爛，甚至沒有魚蝦啃食的痕跡。

「砍斷女屍的腿！」

銅鏈子暫時弄不斷，劉十三當機立斷，毫不猶豫的砍向女屍的腳踝。就在魚骨劍即將把女屍的腳砍斷時，陡然間，本來濃密得化不開的黑夜天空，居然在厚厚的陰雲中，露出了一條縫隙。

好死不死，月光恰巧透過那條縫隙照在了女屍的臉上。

本來被魚皮符封印的女屍，猛地睜開了眼睛。額頭的魚皮符跟著燃燒起來，很快燃燒殆盡。

女屍仰起頭，露出兩根長長的獠牙。嘴裡猛地噴出一口屍氣。

「該死，它還是被月光照到了。」劉十三心臟猛跳，手上的速度又快了些。

可月光下的女屍，皮膚上迅速的長出白色的毛，那些毛在月光中從白逐漸變成了黑色。劉十三大吃一驚，這女屍，竟然這麼快就從行屍變成了黑毛殭屍。

「乒」的一聲響，手中的魚骨劍被女屍身上的黑毛擋住。這些黑毛一根根如同針，堅硬無比。很快，整具屍體像野獸似的，全長出了黑毛來。

女屍從地上跳起來，雙腳僵硬，但這一跳卻足足有兩公尺多。一個轉身，女屍手上的鋒利指甲，竟然硬生生把背後的那棵老榆樹割斷。

榆樹轟隆隆的朝劉十三倒下來。

劉十三連忙躲開，女屍趁機遠遠的逃走了。

「哪裡逃！」劉十三氣急，只見女屍腿上拖著長江十三令，發出一陣陣劈哩啪啦鏈子拖動聲，居然是直接朝著長江邊跑。

「不能讓它回到長江裡！」劉十三驚呼著，身影閃動，以不符合年齡的靈活拚死追過去。

女屍一蹦一跳的跳進了村子裡，而劉十三也追上去。突然，被屠殺的一村子人的屍體，在女屍走過後，全都搖搖晃晃的站了起來。

「奶奶的，這些屍體的屍毒還沒化解，也全屍變了。」劉十三急到不行。中了屍毒，屍變的行屍不足為懼，但數量實在太多。劉十三一劍一個砍倒在地，但架不住行屍前仆後繼。

很快，那具女屍就已經跳到了長江邊上。

「孽畜，休要逃，給我滾回來。」劉十三一咬牙，魚皮符不要命的撒出去，終於將周圍的行屍全殺光。

他瘋了似的拚老命往前追，但終究還是晚了一步。變成了黑毛殭的女屍，「撲通」一聲，筆直的跳入滾滾長江中，身體迅速沉入水中，消失得一乾二淨。

劉十三講到這裡，深吸了一口氣：「之後我追著女屍，追了它三天三夜。它在水裡逃，我在水上追。可終究還是追丟了。

於是我乘船來到重城，畢竟這裡是長江上最大的城市之一。即便女屍真要逃，也總會要浮出水面尋找血食，才能繼續活下去。只要它咬了人，以重城蛛絲密布的人口，哪有不透風的牆。我肯定能找到蛛絲馬跡。

結果沒等多久，那具詭異女屍我沒找出來。卻找到了另外一具。」

劉十三瞥了鄧浩一眼。

鄧浩乾笑了兩聲，下意識的摸了摸自己的脖子，沒吭聲。

夜諾聽完劉十三的故事，沉默了片刻。而甲板上的一眾人全都一臉震驚，包括慕婉和鄧浩。

「那你是怎麼和長江偃師打撈公司的總經理勾搭上的？」夜諾問。

「他自己來找我的。因為，他被長江十三令詛咒了。」劉十三說：「我作為長江上的巫，還是很有威望的。在重城的門徒也不少。其中一個門徒，就帶著鄧浩找了上來。」

鄧浩一臉死灰，低下了腦袋。

「他受了什麼詛咒？」夜諾看鄧浩挺正常的，沒看出詛咒在哪兒。

「長江十三令上，只要沾了長江水，吸了人命，其中刻著的詛咒，就會浮現，那詛咒，必須要以人命來抵。打撈到女屍後，第一個碰到令牌的人，全都會死。

只不過鄧浩的命說好不好，說壞也談不上壞。

第一個碰到那具女屍的小夥子，不是正常人，他應該是得了絕症，活不了多久了。所以只抵了半條命的詛咒。而鄧浩貪心，看到女屍身上那麼大一塊黃金，想要偷去賣錢。結果，剩下的詛咒就應在了他身上。」

劉十三翻開鄧浩的手，他的脖子下方，接近肩膀的地方，赫然出現了一塊令牌模樣的紅色痕跡。

那痕跡四周有許多條黑線蔓延，看得人不寒而慄。

鄧浩苦笑：「沒錯，當時我確實是貪心了。畢竟那令牌，光是黃金就能換上百萬。

但就算我貪心，也不該死啊。中了詛咒後，我的身體逐漸出現許多糟糕的情況，這個令牌像個胎記，烙印在皮膚上，不痛，沒感覺，但我能感到，自己肯定活不了多久了。

我去醫院，醫院也沒查出所以然來。不過我還算有些人面，透過中間人找到了巫大人。巫大人將我身上的詛咒封住，不然我現在，恐怕已經成了一具屍體。」

劉十三道：「只是暫時封住而已，如果找不到那些將長江十三令放入長江中的人，這詛咒，遲早會爆發。」

鄧浩哪裡不知道，不過他仍舊打了個冷顫，他可不想死。

「於是你從鄧浩的口中，得知他們公司，也打撈上來了一具女屍，腿上一樣綁著長江十三令？」夜諾摸著下巴問。

「沒錯。」劉十三道。

「但你為什麼不將十三令拿走，反而用陰沉木打造成紅棺材，把女屍封印在長江偃師打撈公司的停屍間裡？還在門上布置了除穢咒，這是想要幹什麼？」夜諾皺眉，其實他早就已經猜到了劉十三的目的，不過他還需要證實一下。

「當然是為了抓住兇手。」劉十三說：「當我看到鄧浩公司裡的那具女屍竟然和習陽村的那具不一樣時，我才意識到，事情遠遠比我想的更加嚴重。」

「女屍不止一具，長江十三令不止一塊被丟入了長江。這就意味著，這件事不是僅靠一個人就能幹得了的。有什麼神秘的組織在作祟，想要幹某種驚天大陰謀。既然他們能將屍體和長江令牌丟入水裡，說不定也會來尋找打撈上來的女屍，於是我在停屍房裡布了陷阱，又讓鄧浩裝設了監視器，準備守株待兔。

但是等來等去，我卻只等到了你們倆。」

夜諾仔細一想，頓時明白過來。奶奶的，本以為自己當初在停屍房中做得神不知鬼不覺，沒想到自己和慕婉的一舉一動，最後都落入了鄧浩和劉十三的眼中。

搞半天，自己兩人，被劉十三誤會成了幕後黑手。

可還是有許多讓夜諾迷惑的地方。

「你躲在捕撈船上，帶著他們想要去哪裡？」夜諾問：「那些所謂的長江十三令，到底是用來幹什麼的？」

劉十三回道：「我本來是和鄧浩一起，打算先將你們抓起來拷問後，救了那些潛水夫，然後徑直回巫山，將這件事稟報給大巫們。但沒想到大水沖了龍王廟，夜小兄弟你居然是個除穢師。自家人都不認識自家人了，自古除穢師和巫人，曾經一脈相承。

你和那些布置長江十三令的人，不是一夥人。」

說完這句話，劉十三又道：「至於長江十三令究竟能幹嘛，我不清楚。或許，只有巫山的大巫們才知道。」

夜諾深深的看了他一眼，這老頭，明顯還有許多事情隱瞞著自己。他冷哼了一聲，正準備開口。

但是老顧一眨不眨的看了一會兒夜諾手中的黃金令牌，突然開口道：「夜兄弟，這黃金令牌是我連著女屍一起打撈上來的。我打撈女屍時，雖然也發生了些詭異的事情，可遠遠沒有劉十三這位巫大人碰到的女屍可怕，不然早就回不來了。」

「不過。當初看到女屍腿上的黃金令牌時，我想起了一個，爺爺曾經跟我講過的類似故事。」老顧抽出一根菸，點燃，抽了幾口。

他的話，引起了所有人的注意。

「請講。」劉十三嘴巴硬，想來是不會透露太多關於十三令的線索。夜諾正頭痛這個，老顧就遞來了枕頭。這中年漢子，好樣的。

「那件事發生在民國時期，距今大約不足一百年。

當時長江上有四大苦，挖沙、拉縴、撈屍，和採金。

挖沙、拉縴、撈屍暫且不說。

採金行當裡，那時候最有名的手藝人莫過於胡三太保了。

他的原名叫做胡太原，家就在重城附近。只是因為深諳採金古法，做過幾單子大買賣，又加上機辯無雙，口若懸河，便聚集了一幫地痞流氓，逐漸變得人多勢眾，亦匪亦盜的採金門派之一。

最後，江湖上便尊稱他為胡三太保了。

傳說早年，他帶人在湖南資水一帶採金，尋到了一處無名金礦的附近。摸索了三日，在江底的一處寺廟遺跡的佛像下面，發現了一塊重達三公斤的狗頭金。這塊狗頭金的樣子出奇的詭異，像極了一塊令牌，中間是一個被處以極刑的女子，兩行紅色的鏽跡從兩頰滑落，表情痛苦，看起來怨氣十足。

尤其是令牌下面，天然的形成了一個大大的『死』字，令人看得膽戰心驚。

死字下方，還寫了些看起來很古怪的文字。

當時，湖北一位破衣爛衫的老道前來，看到這塊令牌，直言這東西不是啥吉祥的物件。

原先就是被有大能的道士們封印在古寺的大雄寶殿下，後來長江改道，便被埋在江底的淤泥中，沒想到竟被胡三太保挖了出來。

老道說，除非將其重新投於江底，永不見天日，不然會有大難發生。

但是胡三太保哪裡肯信，便叫人把這個道人趕出去。

誰知道沒過多久，胡三太保這一群人中有人晚上去喝酒，一夜未歸。第二天就被發現死在小道上，身子已然冰涼，腦袋不知道被什麼東西咬掉了半個，死得不能再死了。

緊接著再次下水，有一個採金老手，經驗豐富，世代都是河兵，在水裡猶如浪裡白條，能和游魚媲美。卻無緣無故被水草纏住了腳踝，生生溺死在長江水底，被人發現時皮膚已經被泡得發白發皺。

起初所有人都還以為是巧合，誰知道打從這以後，總是隔三差五的出事，後來又接二連三的死人，不是溺死在水裡，不然就是一言不合被人捅死，甚至還有逛窯子時死在女人肚皮上的，總而言之，死相都不太好看。紙是包不住火的，這件事漸漸便傳開了。

所有人都覺得心驚，都覺得就像那老道講的一樣，前些日子從江底大雄寶殿殘骸下摸到的狗頭金和江底的老物件犯沖。令牌上有個『死』字，這東西一看就很邪乎。

還有人講，自從胡三太爺得了這塊狗頭金，夜半如廁時，總能隱隱聽到黑暗中有女人哭泣的聲音，但卻怎麼也找不到人影。

這件事越傳越邪乎，後來實在沒辦法，胡三太保也害怕了，便重新派人請來那個老道，讓他幫著改改風水。老道囑咐胡三太保祭了三牲，帶領一幫人給金沙大王磕頭謝罪。並且把那塊有『死』字的令牌重新放回到江底的佛像下，才算完事。

說來也怪，自從胡三太保按照老道的囑咐，把狗頭金放回江底，所有的怪事就斷了，也沒人再突然橫死了，這件事被老長江裡的人津津樂道，一直流傳了下來。

再後來，大名鼎鼎的胡三太爺忽然宣布金盆洗手，一直活到了一百零三歲才過世。」

04 絕望遊輪

聽完老顧的故事，劉十三一拍巴掌：「這個事我知道。當時我的師父也不大，正值中年。他還曾順著故事，跑去尋找十三令。當時他到了湖南，找到了那間廟，只是十三令早就不知所蹤。師父撲了個空。」

夜諾撇撇嘴，這老傢伙，可不老實。他沒再囉嗦：「老頭，你對布置長江十三令的神秘組織，有什麼線索？」

「不清楚，或許要回到巫山，才能知道。巫山的大巫們，可能早就在調查了。」劉十三急道：「小兄弟，你趕緊想辦法把我們弄出去，我好回巫山。」

「行。」夜諾點頭，在劉十三的眼皮子底下，將手中的長江十三令塞進了懷中。

劉十三喉結動了幾下，最終卻什麼也沒說，只乾笑了幾聲。

夜諾抬頭，看向了那艘船。嘉實遊輪 07 號，孤孤單單的飄蕩在長江的水面上，流水匆匆在它身旁走過，它像是一根錨，始終矗立水中央。

靜謐而詭異。

他觀察了片刻，一揮手：「先上船去檢查一番。如果這地方有隱密的除穢陣，陣法定然就在這艘船上。」

夜諾一邊說，眼中劃過一絲狡黠。

他相信自己說的話，劉十三肯定早就想到了。但是這老頭老謀深算，不知道在打什麼鬼主意。這傢伙不先上船，恐怕是想要自己等人當他的替死鬼。

「張祥下錨，你留在船上，我們所有人都到遊輪上去找。」劉十三抹了把鬍子，吩咐道。

那個叫張祥的點點頭，把捕撈船的錨下了下去。

兩艘船離得很近，相隔不過一公尺多的距離。但是嘉實遊輪的甲板相當高，足足高出長北新捕撈船四公尺多。

劉十三抓了一根繩子，嘴裡唸了個咒，手中的繩子頓時活了似的，從手掌心飛起來，飛到了遊輪甲板上空的欄杆縫隙裡，還打了個死結。

「走，咱們上去。」他當先拿著繩子，飛身一躍，筆直的跳到了遊輪甲板上。

夜諾轉頭對慕婉說：「我們也上去吧。」

這小丫頭內心很抗拒，她拽著夜諾道：「阿諾，這個遊輪給我非常不祥的感覺。

你一定要小心一些。」

「你也要小心，千萬不要離開我身旁。」夜諾摸了摸慕婉的小腦袋：「畢竟你死在這艘船上。無論誰去看自己死掉的地方，都會不安的。」

這艘船如此詭異的屹立在長江上，而且彷彿被詛咒了似的，無論他們怎麼前行，都會回到遊輪附近。

用膝蓋想都知道，沉默無聲的嘉賓遊輪，不像表面上那麼簡單。上船後，鬼知道會發生什麼更可怕的事。

夜諾也抓著繩子縱身一跳，跳到了遊輪的甲板。他雙腳踏在甲板上，發出結實的悶響。這甲板很堅硬，整艘船用的都是好鋼。

不多時，慕婉、打撈公司的經理鄧浩和老顧也都上了船。鄧浩手裡甚至還拿著幾支對講機，一人發了一支，方便聯絡。

「各自組隊，分頭找。」夜諾說完，也沒再管別人，帶著慕婉就徑直朝船艙走進去。

老顧心不甘情不願的和鄧浩一隊，而劉十三藝高人膽大，他摸著鬍子笑了笑，也離開了甲板，朝夜諾相反的方向尋去。

船艙空無一物，也沒有絲毫慌亂撤離的感覺。彷彿這只是一艘空船，一艘被井然有序放棄掉的船。

還沒走進船艙，就聽到對講機響起來，是老顧的聲音：「夜小兄弟，我們到底要找什麼？」

「所有讓你感到不舒服的東西。」夜諾只說了這麼一句。

老顧喔了一聲，奶奶的，這個解釋實在是太廣泛了，說了等於沒有說。

慕婉自從上船後，小腦袋就一直都貼在夜諾背上。她的不安感溢於言表，夜諾走一步，她就如同受驚的小貓似的，往前挪一步。

「阿諾，這艘遊輪，完全沒有活人的氣息。」慕婉弱弱的說。

不光是她，夜諾也能明顯感到一股違和感。

死寂死寂的無聲，流淌在這偌大的船艙中。一推開門，就是遊輪的大廳。巨大的大廳，足足有五百平方公尺大小，高高的天花板上吊著奢華的水晶吊燈。

那盞大到可怕的水晶燈沒有亮，外界的陽光射入，透過四面的落地窗戶，光線剛剛好。

慕婉吸了口涼氣：「阿諾，遊輪大廳好乾淨啊。」

沒錯。碩大的大廳內窗明几亮，擦拭得乾乾淨淨。桌椅好好的擺放著，似乎曾經正要舉行宴會，但是宴會還沒有開始，人就全離開了。

剩下幾十張餐桌上擺滿了食物和酒水，全都不曾動過。

「哇，哇哇。」慕婉驚叫一聲：「這些食物酒水非常新鮮，好像剛從廚房裡端出來。」

夜諾打了個冷顫。不遠處的餐桌上，許多好菜還留著溫度，甚至兀自飄著熱氣。這特麼太不科學了。

明明自己等人在遊輪外的江面繞了好幾個小時，如果當時就有人在船上，還在舉辦聚會的話，那些人，又去了哪裡？

一切，都透著古怪。

夜諾伸手，拿了一根雞腿，聞了聞。香氣四溢，讓人食指大動。他將食物放了回去，眉頭皺了起來。

雞腿烤好到擺到桌子上，不足十分鐘。也就是說，他們五分鐘前上船時，這根雞腿剛從烤箱中拿出來，擺到桌子上不久。

夜諾有點毛骨悚然，他帶著慕婉將整個大廳都檢查了一番。地上十分乾淨，分明沒有人走動的痕跡，一丁點都沒有。而能短時間將如此大量的食物從廚房放到幾十張餐桌上，僅僅靠人端，顯然不現實。

特別是遊輪吃飯的時間非常集中，短時間就會湧入大量的遊客。所以運送食物，通常會使用推車。

不過地面，夜諾找不到推車推過的痕跡。

就彷彿這些食物是憑空出現的。

夜諾撓了撓頭，心裡的感覺更加古怪了。憑空消失的遊輪乘客，憑空出現的食物。這些都讓人感到不對勁兒。

這時候，老顧和鄧浩推開大廳門走了進來。老顧看到夜諾兩人，大咧咧的喊道：「夜小兄弟，船舷處沒有問題。臥槽，好多吃的。」

他一進來就聞到食物的香味，折騰了一整天都沒吃東西的老顧，肚子不由得響了起來。他一邊看餐桌上的好吃的，一邊流口水。

「夜兄弟，這些吃的是怎麼回事？」老顧問。

夜諾搖頭：「不清楚，我們進來的時候，就已經擺在桌子上了。」

「能吃嗎？」

「最好不要吃。」夜諾道。

老顧將腦袋埋在餐桌前，用力聞了聞：「好香，都是剛做好的。我這輩子沒見過這麼豐盛的飯菜，都是好東西哇。」

一邊說，老顧一邊揉著肚子。

他有慢性胃炎，一餓就冒冷汗。空腹忍了一天一夜的胃痛，陡然聞到這麼多食物的氣味，老顧腸胃全蠕動起來，腦袋也犯暈。雙眼直勾勾的盯著食物瞅個不停。

「要想吃，你就吃一點。」鄧浩不安好心的慫恿道。

老顧乾笑幾聲：「要不你先吃，我看你也餓了。」

「不了不了，你是前輩，還是你先來吧。」鄧浩的肚子也響起來。他在捕撈船上雖然吃過一些東西，可船上能有什麼，無非是泡麵一類的，還是乾嚼。

餐桌上的食物彷彿擁有讓人難以抵禦的誘惑力，闖入鼻腔，讓五臟廟不斷收縮。就連大腦都快要不受控制了。

「阿諾，他們的臉色有點不對啊。」慕婉偷偷扯了夜諾一下。

夜諾哪裡沒看到，他低聲說：「這些食物，我看不出有什麼問題，不過香味確實挺濃郁的，普通人很難扛得住。總之保險起見，我們不要吃就是了。走吧，我們去客房。你還記得你當初住在哪裡嗎？」

「記不清楚了。」慕婉撓撓頭，船上的記憶她很模糊。

「我調查過，你買的是 603 號房的船票。」夜諾早就調查過了，他走到大廳的電梯前。這電梯能直達遊輪的第六層。

但是電梯沒有反應。

「走樓梯。」夜諾扯著慕婉，順著樓梯朝三樓走去。每一艘遊輪，無論豪華與否，都遵循著最基本的布局。

嘉實遊輪也不例外。

這艘長江上最大的遊輪，只比海上遊輪略小一些，吃水也淺一點。根據資料，這艘遊輪的母公司位於英國，母港在上海。其豪華程度，在國際的內河旅遊中，開創了諸多行業先例。

嘉實遊輪 07 號，連續十年在權威雜誌《*Travel Weekly*》上，讀者投票中蟬聯「最佳長江遊輪」大獎。

它長期巡遊在長江之上，以一個星期為一輪，途徑好幾個重要城市。作為排水量一萬八千噸的巨大遊輪，甲板層數高達六層。它可以搭載一千名乘客。有三百多名船員為乘客服務。

一樓是大廳和各種娛樂設施。二樓和四樓是經濟艙。五樓是家庭套房。而最高的六樓，全是豪華艙和總統套房。

慕婉住的 603，就是 VIP 豪華艙。

推開門，夜諾驚訝不已。這套房實在是壕得有點過分。

張眼望去，套房上下兩層，面積大約為二百六十幾平方公尺（約八十坪），幾乎可供祖孫三代十一人居住。甚至還配有卡拉OK與全套環繞音響的娛樂室，主臥沒關門，能看到內部設有一間伸出海平面的海景浴室，還有從二層臥室直接通向客廳的兒童溜滑梯。

「有錢人真好。」夜諾咂舌的評價道。

慕婉小鳥依人的靠在他身上，臉色有點怪：「不對啊，雖然人家確實是小富婆一枚。可我為了給咱們存錢，一直都很節省啊。這個套房，七天最少也要花十幾萬。我怎麼可能捨得住。阿諾，你確定我訂這兒？」

套房內乾乾淨淨的，幾乎沒有入住過的痕跡。

夜諾也很詫異，是啊，慕婉家境確實不錯，但她人也真的挺節省的，怎麼可能突然花十幾萬去住嘉實遊輪的豪華艙？

除非，這個客房她沒有花一分錢。

「進去看看。」夜諾帶著慕婉，剛走到客廳的沙發旁，兩個人就都愣了。

慕婉傻呆呆的站在原地，瞪大好看的眼：「這，怎麼可能。」

「確實不可能！」夜諾感覺渾身的寒毛都豎了起來。

因為他們看到了一樣東西，一樣根本就不可能出現在遊輪上的東西。

一個紅色的行李箱，40L的那種。不算舊，也不新。

最恐怖的是，這行李箱，兩人都異常熟悉。因為這個皮箱，分明是屬於慕婉的……

另一邊，樓下大廳，老顧和鄧浩兩個人都挪不動步子，四隻眼睛幾乎要黏在餐桌的食物上了。

「好餓，餓得受不了了。」老顧舔著嘴唇。

而鄧浩也好不到哪裡去，他流著哈喇子，忍得渾身發抖。食物的奇香，不斷的飄入鼻子裡，彷彿一直飄入了骨頭中。

全身骨頭都酥軟難耐。

老顧本能的覺得不對勁兒，哪怕自己餓得受不了，但怎麼會變得這麼的飢渴，這麼的餓。他覺得自己就快變成餓鬼了，恨不得跳到餐桌上大吃大嚼。可明明，這些食物來源不詳。哪有一艘被放棄不知道多久的船上，還有這麼新鮮的食物的。太可疑了。

他用力的用手指甲掐自己的大腿，指甲都快陷入肉中了，這才稍微恢復了些理智。

但是鄧浩扛不住了，他大吼一聲：「老子忍不了了，餓死我了。就算是吃了要死，我也要當個飽死鬼。」

喊完就抓起一根烤排骨，大口大口的吃起來。

「別吃。」老顧駭然大吼。

鄧浩哪裡顧得上，他一口咬下去，手中的排骨噴香，直吃得油水順著嘴角流下。看著吃得很歡的鄧浩，老顧有些疑惑。

看起來沒問題啊，難道是自己多慮了？

就在這時，鄧浩突然尖叫了一聲。一條粉紅色綢帶般的物體猛地從腳下竄出，閃電似的捲住了他。

鄧浩吃痛，來不及掙扎，就被粉紅色綢帶裹得結結實實。綢帶拖著鄧浩，眨眼的工夫就將他拽入地板，消失得一乾二淨。

老顧完全懵了。

什麼情況，到底發生了什麼事？怎麼鄧浩突然就消失在自己的眼皮子底下！

他渾身發抖，呆呆看著鄧浩消失的地板。

地板空蕩蕩的，什麼痕跡也沒有。他下意識的走上前去，用腳踩了踩。地板發出啪啪的一陣響，很結實。木質地板下是鋼構。怎麼看也不可能讓人陷進去啊。

但是鄧浩就是這麼失蹤了，生死未卜。不，肯定是死了吧。老顧在鄧浩失蹤的一剎那，看到自己的上司被粉紅色綢帶勒成兩段，血肉橫飛，內臟都流了出來。

可這一切，卻都沒在地板上留下任何痕跡。

這艘船，比想像的更加可怕。

老顧嚇得受不了，「哇」的大喊一聲，朝夜諾和慕婉上樓的方向逃去。

603號豪華艙裡，慕婉和夜諾正大眼瞪小眼。

「阿諾，這個紅色行李箱，是我的，對吧？」慕婉滿臉不可思議。

「對。」夜諾對這個行李箱很熟悉，因為這東西，是他送給慕婉的。不算貴，但也花了他一個多月的生活費。

雖然行李箱的顏色，比死亡芭比更送命。但畢竟是自己最喜歡的夜諾送的，慕婉生前，可寶貝這個行李箱了。

但行李箱怎麼會出現在這兒？

夜諾百思不得其解。慕婉和另外十二名少女，是在接近一個月前被人謀殺的。之後遊輪經過了幾輪調查和搜查，所有死亡少女的家長，都去遊輪的母公司領了行李。而且這一個月間，遊輪還打掃了無數次。

一艘五星級遊輪的服務，事無巨細，都是標準化的流程。絕對不可能讓慕婉的行李遺落在遊輪上。

況且，這箱子還封存得好好的。手拉桿上，倫敦到上海的航班條都還沒有扯下來。

「要不，打開看看？」慕婉對這個豪華的房間沒有印象，她一眨不眨的看了一會兒行李箱，問道。

夜諾皺了皺眉。

打開還是不打開呢？自從上了嘉實遊輪後，詭異的、違反常規的情況層出不窮。夜諾在腦子裡天人交戰。

慕婉被殺，蒙著一層厚厚的迷霧。看不清看不透，甚至連她怎麼會想上這艘船，都是個未解的謎。說不定這個行李箱中，就有答案。

但更有可能，這個行李箱，是個致命的陷阱。

兩相比較後，夜諾還是決定冒這個險。畢竟行李箱中或許藏著答案的誘惑，對他們而言實在是太大了。

夜諾有些緊張，他左手捏了個手訣，右手探出，緩緩的朝行李箱摸過去。就在指尖要摸到行李箱的瞬間，一陣突如其來的腳步聲打斷了他的行動。

「夜老弟，夜老弟不好了。咱的經理鄧浩，被遊輪給吃掉了！」來人是老顧，他跟個被鬼追似的，滿臉慘白，一邊叫一邊喊。

老顧只知道夜諾帶著慕婉上了樓，但究竟在哪樓哪個房間，他就不清楚了。只好大喊大叫。

夜諾縮回手，走到房門前喝道：「別大驚小怪的，叫得人心煩。鄧浩怎麼了？」

「他被遊輪吃了，就在我眼皮子底下。」老顧氣喘吁吁的指著一樓的大廳位置。

「遊輪怎麼可能吃人。」夜諾斥道。

話音剛落，慕婉就驚叫起來。夜諾連忙朝她望過去，只見這丫頭正蹲在地上，雙手想要把紅色行李箱打開。

不過行李箱還沒打開，一根粉紅色的綢帶就不知從哪裡飄了出來，直朝慕婉嬌小的身體纏過來。

慕婉一邊驚叫，一邊將手變成鋒利的刀。寒光閃動，狠狠的在粉紅綢帶上砍了幾下。粉紅綢帶飄忽著，緊接著整艘遊輪都晃蕩起來。

晃蕩得人前仰後合，站不穩。老顧更是直接一個大屁股蹲，摔倒在地上。船劇烈搖晃了幾下後，粉紅綢帶連帶著慕婉的行李箱，居然都消失得一乾二淨。

夜諾倒吸一口氣，眼中閃過一絲明悟，他好像明白這裡，到底是啥地方了。

「行李箱呢，我行李箱到哪兒去了！」慕婉嘛著嘴，在行李箱不見的地方用力扒拉著，可無論如何都沒扒拉出來。

「別耍寶了，根本就沒有什麼行李箱。我知道怎麼回事了，都去甲板上再說。」

夜諾拽著不死心，還想將寶貝行李箱找出來的慕婉，和老顧一起上了甲板。

甲板上劉十三已經晃蕩了一圈，正一無所獲的發呆。

「夜小兄弟，這艘船上，我沒有找到可疑的除穢陣。不知你找到沒有！」劉十三看到夜諾出來了，連忙問。

夜諾冷哼了一聲：「老頭，別裝了，這裡根本就沒有什麼除穢陣。你果然沒安好心，想讓我們上船來送死，好幫你逃出這鬼地方。」

「啊。夜小兄弟，這是怎麼回事！」聯想到鄧浩的離奇慘死，老顧頓時戒備起來，一挪腿縮到了夜諾身後。

「老頭，你心裡應該清楚得很。」夜諾瞪著劉十三：「一直都沒有什麼除穢陣。也沒有什麼遊輪，遊輪的大廳裡也沒有什麼食物。慕婉，你房間中也沒有什麼行李箱。假的，全都是假的。我們其實都看到了幻象。」

「因為，我們現在，分明是在一隻巨大的怪物身上。而那隻怪物，幻化出了眼前的嘉實號遊輪！」

話音一出，慕婉和老顧都同時張大了嘴巴。

而劉十三卻很淡然，顯然，他其實早就知道了。

老顧聲音在抖：「我們，真的在怪物身上？什麼怪物這麼可怕，什麼幻覺，這麼真實？」

夜諾道：「還記得那隻追著我們的鯉魚精嗎？它奔著龍門去了，在跳入龍門的一瞬間，卻被一隻大怪物給一口咬斷，吞了下去。而龍門，頓時就消失了。

所以，根本就沒什麼龍門，那只是鯉魚精最想得到的東西，所以它看到了龍門的幻影。而我們，看到了它的幻影。

那潛伏著的穢物，能夠讓人看到他們希望看到的東西。因為是幻影不是幻覺，所以別人也都能看到。

我一直在調查嘉實遊輪 07 號，所以，這艘船，應該是我想看到的幻想。而滿桌子熱氣騰騰的食物，或許是鄧浩或老顧你的幻想。603 號房間內的紅色行李箱，是我妹妹的幻想。

那穢物將別人希望得到的東西當作誘餌，一旦你靠近或者接觸到你的幻想，就會觸發怪物的攻擊，它會暴起，將你吞掉。」

夜諾緩緩解釋：「既然能讓我們看到幻影，那麼這隻穢物的身分，呼之欲出。大家看過山海經嗎？」

「聽說過。」老顧回答。

「那麼海市蜃樓也應該聽說過？」

老顧和慕婉同時驚呼：「難道那怪物，是傳說中的『蜃』。」

「阿諾，不對啊，古代神話裡，蜃不是只出現在海上。用各種幻影來迷惑來往的船員，讓他們跳入陷阱，然後將其吃掉嗎？這裡可是長江啊。」慕婉疑惑道。

老顧直點頭。

「你們不了解龍門的傳說。」夜諾淡淡道：「雖然有傳說是鯉魚跳龍門，天火焚燒其尾，則化為龍。可這只是最出名的民間故事罷了。其實江河中的所有生物，一旦成精，都有跳龍門變龍的欲望。」

海中有蜃，而江河中同樣如此。傳說如果跳龍門失敗，又僥倖沒有被天火燒盡，就會變成『江蜃』。也就是將我們陷在這兒的那一種。」

「哎，又是鯉魚精，又是江蜃什麼的。我以前怎麼從來沒在長江上碰到過這些怪事。」老顧嘆口氣。

他當老水鬼幾十個年頭了，怪事見了不少，但都在正常範圍。以前總覺得那些民間故事，只是故事罷了。

可民間故事，怎麼突然就都變成了真，而且還比真的更加恐怖。

夜諾其實也同樣這麼想過，他隱隱猜測，或許長江上頻繁出現怪事，跟那夥神秘組織，布下長江十三令有關。那些人，恐怕把長江中的某些東西啟動了。

他們的目的，到底是啥？

夜諾越來越難以理解。

夜諾解釋完，瞪了劉十三一眼：「老頭，你早發現我們在幻境裡，你是想利用我們餵飽江蜃，然後藉此脫身吧。」

「哪有，作為巫，我怎麼可能這麼做。」劉十三矢口否認。

但顯然，上遊輪之前這老頭就形跡可疑起來，夜諾的猜測十有八九是對的。

老顧呸的吐了一口唾沫：「我呸你老母，劉十三，虧你還是巫人，居然這麼歹毒。」

「做人總要顧大局，長江上發生了如此多怪異之事。今後恐怖的事可能還會更多，會有許多人喪命。我暫時還不能死，留著有用之身，回巫山稟告大巫們，讓他們徹查。」劉十三最終嘆了口氣：「這是所有巫的使命，保護長江流域。這使命，要遠遠比你們的命，甚至我自己的命，都要重要。」

說完這句，他不再開口。算是默認了自己對夜諾等人的陷害。

老顧用力瞪他，可這老頭始終一臉問心無愧。在大是大非面前，所有人都是魚肉，死些許人，並無大礙。但長江十三令可能全都入了水這件事，讓劉十三暗暗心急。

一個月前嘉實遊輪上十三個陰人被謀殺，屍體丟入長江中，如果每一具屍體腿上都綁著一塊長江令的話……

不，不可能。

絕對不可能。

那個神秘的勢力，不可能得到十三枚長江令。畢竟長江令，在巫山被大巫們封印著。

他，死也要死回巫山，將這個消息傳回去。讓大巫們出手，恢復長江流域的井然有序。

老顧環顧四周：「夜小兄弟，我們該怎麼辦？難道真的要死在這兒，被江蜃吃掉？」

「不一定！」夜諾想了想後，搖搖頭：「讓江蜃吃飽，然後借機逃走，是最傻的手段。劉老頭沒見過世面，所以只會用這種最笨的方法。」

劉十三哼哼道：「難道你有別的法子？自古巫人，都是用獻祭的辦法，來擺脫江蜃的幻影穢術的。小子，你現在應該清楚，江蜃多可怕。

哪怕你明明知道，眼前這些東西都是幻影，可偏偏無能為力。因為這穢物的幻象，實在是太強大了，看得見摸得著，遵循著冥冥的規律，如果它不放你走，沒有什麼東西能逃得出它的陷阱。」

夜諾也冷哼一聲：「你見過深海裡的鮟鱇魚嗎？」

老顧和劉十三自然都沒見過。

慕婉頓時來了優越感，高高舉起手：「我見過，我見過，阿諾，我還吃過咧。那種魚好醜，在深海的海底，眼睛小小的，鼻子上有條長長的，像釣竿似的東西。」

「沒錯。鮟鱇魚又叫燈籠魚，牠的名字，就是從那根釣竿來的。」夜諾道。

劉十三皺了皺眉：「小兄弟，你囉嗦這麼多幹嘛。那鮟鱇魚難道就是你能夠保全我們性命，還能逃出去的辦法？」

夜諾沒理他：「鮟鱇魚捕獵時，整個扁平的身軀都藏在海底的泥中，只露出嘴上的長長釣竿，釣竿頂端還長著肉色的釣餌。釣餌會一晃一晃的，游來游去模擬在水中掙扎的蟲子，還會散發誘人的香味。

許多游過的魚，都會忍不住咬誘餌一口。在牠們咬誘餌的一瞬間，滿嘴尖銳牙齒的鮟鱇魚，就會猛地從泥巴中躍出，以迅雷不及掩耳之勢，活活把獵物吞掉。」

「哇，這和江蜃的捕獵方法好像。」慕婉道：「都是用誘餌，都是布置陷阱。」

「沒錯，但是鮟鱇魚也有失手的時候。而失手的瞬間，就是鮟鱇魚最脆弱的時刻。牠的天敵，就是利用這一點，來攻擊牠的致命弱點。」夜諾一字一句道：「我們也可以利用這一點，破除江蜃的幻境。」

「胡鬧，江蜃哪來的弱點。就算有弱點，也不是我們能一擊必殺的。再弱小的蜃，也至少是蛇級穢物，再加上毫無破綻的幻境。我們巫人世世代代，找到的最好的法子，就是餵飽它。」劉十三臉色難看。

「要填飽它，你自己去填。不敢的話，就用我的法子。」夜諾說。

劉十三冷冷一笑，眼中閃過冰冷的眼神：「那行，你先用你的法子。沒成的話，再用我的。」

他的話令老顧猛地打了個寒顫。這巫人咋和爺爺說的不一樣咧，狡猾心狠手辣，完全和傳聞中的正派形象不大一樣。

這老頭的法子能有多好，無非是拿他們去餵魚。說不得，還是夜小兄弟的辦法可靠。

「我和慕婉先回打撈船上，拿潛水裝備。」夜諾吩咐了一聲：「到時候老顧你拿著無線電，聽我指揮。」

老顧一驚：「你們倆要下水？」

「沒錯。江蜃在江中，我們只有下了水，才能找到它，在它露出破綻的一瞬間，將它殺掉。」夜諾說著，就帶著慕婉跳過遊輪的甲板，跳到了捕撈船上。

他找來了兩件潛水服，按照流程整理起潛水用具。一邊整理，夜諾一邊小心翼翼的看了看四周。然後將嘴湊到慕婉耳畔，壓低聲音道：「這艘船上的所有人，除了你我外，都不值得信任。」

「啊。」慕婉驚呼：「為什麼啊。那個劉十三雖然可惡，但是老顧人挺實誠，也很熱心啊。」

「他是不是真正的熱心腸，我不清楚。但是我對他一直都有些疑問，或許這個船上，最可疑的就是他。」夜諾哼了一聲：「我剛才解釋的時候，根本就沒有說真話。你想想，江蜃會讓每個人都看到自己想看到的東西。

如果說遊輪是我的幻想，紅色行李箱是你的幻想。滿大廳的食物，就是死掉的鄧浩的幻想。可老顧的幻想是什麼？我們為什麼，什麼都沒看到？」

「你不是說他的幻想也是食物嗎？」

「我瞎說的你也信！你沒見自從鄧浩死後，滿大廳的食物，就都消失得一乾二淨？因為食物已經進了肚子，人也死了，所以沒了幻象存在的根基。而老顧的幻想，不是這個。」

「嗚嗚，但劉十三那老頭，我們也沒看到他的幻想啊。」

「那老頭老謀深算，早在進入蜃怪的幻想時，就化身為演技派，驚驚乍乍的，把我都給騙了。他或許給自己布下了一道魚皮咒，讓蜃怪無法發現自己的存在。只要蜃怪將我們通通吃掉，就會解除幻境，他也能逃出去了。」

夜諾道：「蜃怪，不會對無法發現的食物施展幻象。」

慕婉氣憤的一跺腳：「這樣看來，那個老顧還真的有問題。氣死了，枉費我還有點信任他。」

「這也只是我的猜測而已，老顧或許沒我們想的那麼簡單。」夜諾先自己穿好潛水裝備，然後又幫著慕婉穿好。

仔細的再三檢查，沒有發現問題後，這才走到捕撈船的入水槽。

「下潛。」夜諾一招手，兩人撲通一聲，筆直跳入水中。

——05——
江下穢物

冰冷的水，水流在潛水服外流淌。刺骨的寒意，從一入水，就蔓延到了夜諾的骨頭中。彷彿潛水服完全失去了保暖效果。

夜諾帶著慕婉一路下潛，潛到一定深處時，他開始測試水下無線電。

「老顧，你聽得到嗎？」夜諾說。

不多時，傳來了夾雜著噪音的話音，正是老顧的：「夜小兄弟，我能聽到。」

「保持聯絡。」夜諾回道，然後吩咐慕婉：「你能看到水裡的情況嗎？」

慕婉瞪著水汪汪的大眼睛：「勉強看得到幾公尺遠。」

這水發黑，哪怕打開了頭盔上的探照燈，也看不了多遠。而且腳下的水，不知道有多深。水中沒有任何生物，只有流速不快不慢的水，嘩啦啦的，向東奔騰。

兩束白色的光，破開黑色的水，他們倆孤孤單單的身影，看起來非常渺小。

「繼續下潛。」夜諾道。

江蜃的幻象非常真實，夜諾猜測，它可以利用某種特殊的穢力，建構幾可亂真的物質世界。不得不說，這種能力真的很牛逼。

這穢物，雖然至少也是蛇級，可江蜃強大的地方是建構幻象的能力。本身其實沒有其他的攻擊力。所以哪怕是面對它，再加上慕婉的物理攻擊，夜諾還是頗有信心的。

他們下潛了足足十分鐘，估摸著應該潛到了一百公尺左右的水下，但是江水依舊滔滔，根本摸不到底。

正常人是潛不到一百公尺的。奈何慕婉根本就不是活人，而夜諾的身體狀況也要比普通人好得多。

可潛水服上的氣壓表都要爆了，再往下，衣服會先承受不住。

「這什麼時候才是底啊。」慕婉吐槽了一句。

「別忘了，這是江蜃的世界，只要它想，我們永遠都不可能到水底的。」夜諾瞇著眼，在腦子中計算。

雖然這裡是幻境，但是和真實的世界，並不是沒有關聯。至少江蜃，是不可能進入它創造的幻境中的。它的身體，肯定還在真正的長江中。

他計算著被鯉魚精追趕後，他們的船行駛的方向，水文環境，可能位置的江水深度。

「就在這裡。」遊蕩了一會兒，夜諾停了下來，通過水下無線電向老顧喊話：「老顧，看你的了。」

「好咧，夜小兄弟，你要我幹啥？」老顧樂呵呵的說。

但夜諾一句話後，他就徹底笑不出來了：「老顧，我需要你去直接觸摸，你的幻象。在江蜃攻擊你的一瞬間，我會給它致命一擊。」

「啥！」老顧臉都垮了下來：「我的幻想不是大廳裡的食物嗎？現在已經沒有了。」

話音一落，夜諾都還沒開口。只見岸上，劉十三不知何時已經摸出了一把魚骨劍，冷笑著，將鋒利的劍刃搭在老顧的脖子上。

「你是叫顧景明，對吧？」劉十三問。

老顧臉色煞白，嚇得不輕：「巫大人，你這是幹什麼？」

「夜小兄弟吩咐的事，你做就是了。」劉十三淡淡的說。

老顧苦笑：「可我真……哇，死人了死人了。」

劉十三的手腕輕輕一用力，老顧脖子上的皮就破了個口子，血流了出來：「我老早就懷疑你了。你問題不小啦，顧景明。」

「除了我之外，你們應該都陷入自己的幻象中。但你卻例外，你身上，好像帶了什麼東西。將幻象壓住了。」

老顧道：「巫大人，我聽不懂你在說啥。」

「別揣著聰明裝糊塗，你心裡清楚得很。你知道一旦你的幻象暴露在我們面前，你的身分，也會暴露。」劉十三一瞬間下了狠手：「不說出你的身分，你就給我死在這兒。」

魚骨劍閃過寒光，一劍砍下來，絕對會讓老顧身首分離。

老顧臉色陰晴不定，一咬牙，雙手抬起，一把抓住了劉十三的魚骨劍。

劉十三露出果不其然的表情：「普通人，可接不了我這一劍。」

他劍光飛舞，另一隻手掏出幾張魚皮符，手一翻，魚皮符就飄了起來，朝老顧擊去。老顧的手上像是套了一層堅硬的無形手套，探手將魚皮符抓破，逃竄著就要朝江水中跳。

「哪裡逃。」劉十三鐵了心不放老顧走。

他的身影一閃，飛快的飄到了老顧跟前，魚骨劍的劍光生生將老顧逃竄的路線封死。老顧被逼急了，一瞪眼，雙瞳變得血紅，紅得幾乎要滴出血。

就連臉都變了，黑漆漆的臉，更加的發烏，就連血管都根根暴出，凸出皮膚外。

劉十三倒吸一口氣：「附屍眼，你和長江北巫，是什麼關係？」

「嘎嘎。」老顧喉嚨裡發出難聽的聲音，他努力的壓抑著暴漲的實力：「你們南巫，就要死光了。劉十三，你還不回老巢看看。」

「就憑北巫，也能屠盡我們南巫？」劉十三冷笑：「這長江十三令，難不成就是你們北巫搞的鬼？混帳，連巫的職業道德，你們北巫都不在乎了。你們還算什麼巫，保護什麼長江。」

「長江十三令，嘎嘎。我們北巫勢在必得。去死！」老顧整個人變得跟行屍走肉似的，渾身肌肉僵硬，指甲從手中彈出，細長鋒利。

他雙爪一揮，在空中留下十道殘影。

劈哩啪啦一陣響，指甲被劉十三的魚骨劍擋住了。

「你不是我的對手，還不束手就擒。」劉十三厲喝一聲。附屍眼是北巫的秘法，這秘法極為邪惡。需要用到年輕正旺的冤死屍體，埋入養屍地，待屍體吸收日月精華就快要變成白毛屍時，再將屍體的一隻眼睛挖出來，種入術者的眼眶內。

練過附屍眼的巫人，平時看不出異樣。但由於那隻眼睛封印著強烈的怨氣，一旦解除封印，就能令施術者實力大增，體力變得和白毛屍一般強大。

可老顧，確實不是劉十三的對手，這一點雙方都心知肚明。

「嘎嘎，我自然不是你的對手，可殺你，還不需要我動手。」老顧邪笑道：「你自己看看你的魚皮符。」

劉十三驚訝的低頭，赫然看到自己貼在身上，用來阻止江蜃察覺自己的魚皮咒，不知什麼時候竟然破了。

「該死！」劉十三嚇得寒毛都豎了起來，他睜大眼，看到了地板上探出無數如殭屍般的鬼手。這些鬼手不光在甲板上，甚至在視線可及的一切地方，都不斷的伸出來。

鬼手掙扎著，一隻隻露出了模樣。那猙獰的樣貌，竟然全都是他的母親，無數的，已經死掉腐爛散發著惡臭的，母親。

老顧見劉十三被江蜃的幻象封住了行動，大笑著，撲通一聲跳入江水中，朝夜諾和慕婉的方向追了過去。

既然身分已經敗露，他也不再裝了。夜諾的一身本事，還有組成慕婉全身的神泥，不光劉十三想要，他也想要得很。

賴在夜諾身旁那麼久，也該到了收割的時候。

水下深處的夜諾和慕婉，透過無線電，將岸上的情況聽得清清楚楚。

慕婉有些懵：「什麼情況，怎麼劉十三和老顧動起手來了。而且聽起來劉十三似乎還落了下風。」

「老顧隱藏得很深，我幾乎都被他騙了。南巫北巫，沒想到連巫人都有派系之爭。或許殺死你，布置下長江十三令的，就是那啥北巫的勢力。」夜諾眼中閃過一道精光，他正愁著找不到線索，沒想到老顧自己撞了上來。

只要活捉他，撬開他的嘴，說不定能尋找到慕婉的屍體所在。

甲板上，劉十三已經和自己的幻想撞擊在了一起，他不斷的揮動魚骨劍，狀若瘋癲，不斷的屠戮那些殭屍般的母親們。

江蜃感覺到食物上鉤了，頓時從真實世界露出了真身。一瞬間，夜諾和慕婉感覺腳下一亮，黑水中，有一條長長的粉紅色絲綢從水底探出，直朝遊輪射去。

夜諾定睛一看，那粉紅色絲綢物，哪裡是絲綢，分明是江蜃的舌頭。

巨大的舌頭又細又長，從江底捲向劉十三，動作又快又準。劉十三哪察覺得到，他還在瘋狂的舞動魚骨劍。但無論他殺了多少，死去的母親，依舊會不斷的湧出來。但這傢伙，早就沒有了理智。

「就是現在。」看到了江蜃的舌頭，夜諾拽著慕婉游了過去：「小婉，把手腳變成劍，將我們兩個固定在舌頭上。」

「好咧。」慕婉雙手雙腳一陣扭曲，頓時變成了寒光四溢的尖刺，深深的刺入了那粉紅色的綢帶內。

幾乎就要將劉十三捲成兩半的江蜃慘號一聲，整個世界都在震動。粉紅色的舌頭頓時往回縮。

速度太快了，快得讓人眼花繚亂。如果不是有慕婉固定著，夜諾早就被甩了出去。他們被舌頭帶著沉入深水，不知道沉了多深。

潛水服不斷的發出警報，最後深度計直接爆掉了。夜諾的身體狀況再好，也被水壓壓得喘不過氣，胸口彷彿不斷的被錘子捶打，他喉嚨發甜，但不敢張口，怕一張口，血水就會從嘴中噴出來。

不知過了一分鐘，還是一百年。終於，夜諾和慕婉看到了令人難以置信的一幕。附近終於不再單調，出現煙塵滾滾的水底。暗褐色的水底，橫著一個巨大的生物。那生物大約五十幾公尺寬，通體黝黑，外殼散發著鋼鐵的色澤。

而紅色的舌頭，就是從外殼的縫隙處探出來的。

這就是江蜃的真身？

慕婉看得目瞪口呆，愕然道：「好大的蛤蜊。」

沒錯，那就是一只蛤蜊。但這只長五十幾公尺的蛤蜊，非常的可怕。它的舌頭很嫩很敏感，被慕婉刺透痛得要死，正拚命想要將舌頭縮回殼中。

龐大的殼在收縮，彷彿兩扇巨大的門要關閉。

「傳說中的蜃，本來就是一種貝類，海裡的是，江中的同樣也是。我們眼前的蛤蜊要是當年跳過了龍門，就變成了蜃龍，哪裡還像這副模樣。只能在江底下利用幻象可憐巴巴的捕獵。」夜諾撇撇嘴。

越是靠近那只龐然大物，越感覺自己的渺小。蛤蜊的外殼到處都有灼燒的痕跡，應該是跳龍門失敗時，被天火燒的。

它僥倖沒死，龍沒變成，倒是變成了怪物，為害一方。或許這只江蜃已經活了許多年，也曾在長江某個區域稱王稱霸，直到被巫人或除穢師封印了起來。

但現在，因為長江十三令被拴在陰人腿上，沉入水中。某個封印已經打開，許多精精怪怪，陸續逃了出來。

江蜃感覺到舌頭上有異物，不斷的搖晃舌頭，想要將夜諾和慕婉甩下去。夜諾哪裡能讓它得逞。

「固定得再緊一些。」夜諾吩咐，他用力抱著慕婉纖細的腰肢。

慕婉幸福得都快要上天了，這可是夜諾第一次這麼主動的抱著自己。

舌頭上流出殷紅的血，染紅了一片江水。

江蜃痛到不行，它再次加快速度，把舌頭往殼中收。夜諾想要附在舌頭上，趁機衝入江蜃的殼中。

江蜃活了不知道多少年，雖然智商不高，但畢竟成精了。這許多年來，和夜諾有同樣想法的人太多了。

它將舌頭收縮，但收縮到夜諾就快要摸到蛤蜊巨大無比的殼的瞬間，江蜃當機立斷，狡猾的一口將那段舌頭活活咬斷。

斷裂的舌頭噴出大量的血，染得周圍江水一片渾濁，看也看不清。江蜃的殼趁機快速合攏。

「糟糕，奶奶的，這只穢物太狡猾了。」夜諾罵道。

小蘿莉模樣的慕婉冷哼一聲：「它關不了。」

說時遲那時快，慕婉整個身體向前竄，在水中她猶如美人魚，速度快得驚人。哪怕水壓再強大，對她彷彿也沒有作用。

畢竟，她本就不是活人。

在江蜃的外殼就要合攏的瞬間，慕婉小小的身軀抵在了殼中間，她把自己的身體化為鋼鐵，用纖細的雙手，硬是把龐大的外殼撐住了。

「幹得好。」夜諾欣喜不已。沒想到這丫頭，還是有點用處。

「阿夜，快一點。我撐不了多久。」由百變軟泥構成的慕婉，臉色有些不好看。

雖然她能變成鋼構，但哪怕是真正的鋼鐵，怕是也會被江蜃強壯堅硬的殼給夾碎。

夜諾一個閃身，穿入了外殼，順帶拽著慕婉一起往內部飛去。

只聽水中傳來一陣激蕩，江蜃的外殼合攏了。世界，陷入一片黑暗當中。

「我們進了江蜃的內部？」慕婉一張小臉，樂呵呵的。

「這裡應該是殼裡邊。」夜諾鬆了口氣，打開頭頂的頭燈。燈光照亮了黑暗，勉強將周圍的環境映入眼中。

只見他們浮在一層透明的水中，頭頂空蕩蕩的，遠遠的，入眼全是肉色的牆壁。那些牆壁，還在不斷的蠕動收縮，看起來很噁心。

「這什麼水，黏糊糊的。」慕婉摸了摸身旁的水，這些水看起來很乾淨，但是太黏了，一摸就會拉絲。

「沒吃過蛤蜊嗎，這是它的口水。」夜諾道。

「嘔，好噁心。」小丫頭嫌棄的險些吐出來。

「走，到處瞅瞅。」夜諾一招手，帶著慕婉向江蜃口腔的深處走去。

很快，穿過江蜃口水積出來的小水潭，就走到了盡頭，他們來到了岸上。踩著腳下肉質的地面，慕婉又被噁心了一次。

她偷偷的靠向夜諾，用力挨著他。

「幹嘛，你黏糊糊的，挨著我好難受。」夜諾這鋼鐵直男，不解風情是常態。

「人家怕嘛。」慕婉小聲說。

「怕什麼怕，這江蜃雖然是蛇級穢物，但是它全部的穢力，都用在建構幻境上。只要進了它的殼，它就不足為懼。」夜諾的視線在到處搜索，想要尋找殺江蜃的方法。

雖然在殼內，江蜃就是一團待宰殺的肉。可這坨肉也實在是太大了，你見過直徑五十公尺的肉團嗎？

正常人用跑的，五十公尺怎麼說也要跑個九秒多。何況上上下下，滿眼都是蠕動的肉團，哪怕噁心不死人，也夠視覺疲勞了。

「阿諾，我們在找什麼？」慕婉見夜諾像是在找什麼，不禁問。

「你不是經常吃蛤蜊嗎？蛤蜊怎麼吃？」夜諾問。

「生吃啊，用刀割開蛤蜊的肌肉，然後一口悶。」慕婉得意的道，好蛤蜊肉質肥美鮮嫩。但同樣是蛤蜊屬的，眼前的江蜃，嘖嘖，想來肉老得她不一定咬得動。

「你看，你不是把殺江蜃的方法說出來了嗎？」夜諾聳聳肩膀：「無論江蜃再大，它始終還是個蛤蜊。只要找到它的筋肉，砍斷。它就再也不能閉殼了。我記得，蛤蜊的肌肉，是柱狀的。」

「而且，我這次下來，也不僅僅只是為了殺它而已。」夜諾又道。

「那你還想幹嘛？」慕婉不解。

「傻啊，如果是普通的蛤蜊，年代久了，都會有珍珠。你說江蜃嘴裡的珠子，叫什麼？」夜諾笑起來。

慕婉頓時瞪大了眼，結結巴巴的說：「該不會是蜃珠吧？」

「沒錯。民間傳說中提過，蜃內有明珠，其名為蜃珠。蜃珠可起幻象，於大海之上，憑空建構亭台樓閣，誘人入其中，吞之。」夜諾眼睛精亮，早在知道自己陷入江蜃的幻境後，他就打起了蜃珠的主意。

能憑空從虛無中建構類似於物質世界的能力，這太難得了。夜諾眼饞得很。

兩人又走了一陣子，夜諾不斷分析江蜃的內部構造。這江蜃和蛤蜊的構造，除了大一些外，幾乎一模一樣。

憑著自己的分析，最後夜諾來到了一處高高隆起的肉壁前。

「慕婉，你把手化成刀，極限是多長？」夜諾問。

小丫頭偏著腦袋，想了想：「最多兩公尺。」

「夠了。」夜諾用腳踢了踢對面蠕動的肉球：「往這裡割，碰到了硬物再叫我。」

「好咧。」慕婉可聽夜諾的話了，他說往東，慕婉絕不朝西。

手化為長刀，寒光熠熠。一刀下去，肉柱被割開了一個大口子。江蜃痛得整個龐大的身軀都在搖晃。

慕婉毫不留情，不斷切割著眼前的肉塊。很快江蜃就奄奄一息了，只聽啪嗒一聲響，慕婉的手刀，真的碰到了某個硬硬的東西。

「就是這個。」夜諾眼睛一亮，興奮的將手伸進去，掏出了一顆閃著金色光芒的珠子來。

這珠子不一般，雖然只有普通的玻璃珠大小，但內部隱隱流動著五彩的能量。

「好強的穢氣。」夜諾讚道：「這應該就是蜃珠了，果然好東西。」

就在他取出蜃珠的一瞬間，活了無數年的江蜃，斷了氣。它原本緊繃的肌肉鬆開，緊閉的外殼，也敞開了。

大量的穢氣從它身體裡散開，有許多都被吸引著，湧入夜諾的身體，順著經脈，進入開竅珠裡。

這蜃怪穢物，實力大概在蛇三左右。穢氣高達一萬點。

夜諾大喜，開竅珠的能量有上限。可是由於周圍的穢氣太過濃烈，大量穢氣竟然生生將開竅珠洗禮了一遍。開竅珠中散發出五彩光芒，儲能上限竟然達到了三千點。

裡邊的能量，本來最近被夜諾用了個七七八八。但是現在由於蛇級江蜃的死亡，哪怕洗禮開竅珠用了大量能量，內部現在依然存了兩千點。

簡直就是暴富啊。只要消化了這兩千點能量，夜諾的實力可以得到實質的飛躍，從 F4 到 F6 不在話下。

夜諾正準備將蜃珠揣入懷裡，就聽到無線電中，傳來了一串小聲：「蜃珠，好東西，老天果然待我不薄。」

一個黑色身影，迅速的朝兩人衝過來。

「老顧來了。」夜諾撇撇嘴。

這老顧一掃當初的模樣，身上的除穢力爆發。他只戴著一個簡易的潛水面罩，速度快得，在水下形成了一道白浪。

「這傢伙隱藏得夠深，身上想來是戴著某種能夠遮掩實力的除穢器。我的看破都沒識破他。」夜諾用看破看向老顧。

這傢伙的除穢力，在一千九，妥妥的 C6 級。按常理講，他一巴掌就能將夜諾給搧死。夜諾又不笨，哪裡會亂拚命。何況老顧非常清楚夜諾的手段，知道他能破解除穢術，所以一定不會用除穢術攻擊他。

根據之前的對話，老顧屬於北巫勢力，巫術夜諾可暫時破解不了。

「走。」他拖著慕婉，就朝下游逃去。

「哪裡逃。」老顧循著他倆遁走的方向一路追趕。

夜諾捏了個水遁訣，兩人的身影化作一道水線，速度也不慢。老顧追了幾分鐘，也用上了水遁訣來追趕。

眼看著就快要追到了，他狂笑著伸出手，想要先抓住慕婉，然後逼夜諾停下來時。夜諾一轉頭，抽出一隻手，朝他眼睛前一戳。

「破穢術。」指尖一閃，老顧的水遁頓時被夜諾給戳破了，速度大減。

「奶奶的，臭小子。」老顧破口大罵，身上一搖，搖出了許多奇怪的魚屍體：「起來。」

老顧掐了個巫訣，不大的死魚就全都活了般，在水裡游動。這些魚屍速度極快，猶如脫弦的箭，朝夜諾刺過來。

「小婉。」夜諾喊道。

慕婉和他心靈相通，頓時將手化為鋒利的刀，刀揮舞得密不透風，高速的切割，讓附近水面形成了一層電離層。

「鐺鐺鐺」，刀砍在魚屍身上，魚的屍體竟然發出了金屬碰撞的聲音。也不知道這些魚是用什麼秘法製作，一時間慕婉竟沒砍斷。

但是她的基本功很好，魚屍也近不了身。

夜諾消耗著開竅珠中的能量，速度越來越快。明明實力比夜諾高了三個大等級的老顧，硬是追不上他，氣得這傢伙直跳腳。

不知道逃了多遠，老顧和捕撈船的影子全都不見了。夜諾才帶著慕婉朝水面上游去，江蜃死後，幻境已經消失，他們又回到了長江中。

黑乎乎的長江水中瀰漫著一股神秘氣息。浮上水面，天色仍舊是黑的。夜諾和慕婉浮潛在江水之上，周圍空空蕩蕩，只有天空的璀璨穹頂，以及兩岸朦朦朧朧的遠山。

夜諾抬頭辨識了星空幾眼，月高照，啟明星已經落入山巒，下弦月彷彿被咬了幾口：「現在應該是午夜兩點過，從月象看，我們被困在蜃怪的幻境中，至少兩天以上。」

「阿諾，那個老顧沒追上來吧？」慕婉問。

「應該沒有。」夜諾判斷了兩岸的距離，果斷決定朝東邊游：「朝那邊游，距離岸邊大概只有一公里，走。」

夜諾和慕婉兩人發出撲通撲通的游泳聲，不多時就上了岸。

這裡屬於無人地帶，自重城的上游開始修建五狹大壩後，早在二十年前，兩岸所有居民都因為在沉沒區域的緣故，被遷到了距離這裡千公里外的地域集中居住。

濃密的樹林，讓上岸很不容易。好不容易才找到一塊沒有樹的缺口，兩人濕答答的踩在了陸地上。

夜諾警覺的向後看一眼，清除上岸的痕跡，帶著慕婉一頭鑽入樹林中。長江兩岸，特別是他們上岸的這一帶，奇山怪水特別多。江水通過千萬年的沖刷，硬生生把高山衝擊出一道深深的峽谷。

峽谷兩邊的山崖陡峭，毒蟲毒蛇密集，很難前進。

夜諾兩人盡量不破壞環境，免得被老顧跟蹤。他們穿著潛水服，又悶又熱的空氣，讓人喘不過氣。好不容易才爬到半山腰，在一塊隱秘處，夜諾尋找到了一個凹進去的山洞，洞口不大，只能容一個不胖的成年人進去。

「終於可以休息一下了。」夜諾大喜，連忙和慕婉躲了進去，又在洞中找了幾塊石頭，把洞口堵死。

夜諾還不放心，又在石頭邊上施展了結界術，覺得徹底沒有隱患後，這才弄了幾根樹枝，生起火。

火光搖曳，慕婉偷偷換下潛水服。她用百變軟泥做成的身子倒是方便，一搖，就變出了一條翠綠的小裙子，襯著橘紅的火光，顯得柔美動人。

夜諾被她啟發，也脫下潛水服，用一小坨百變軟泥變成沙灘褲，勉強遮蓋住了重要部位不走光。

坐在火前，這幾天的緊張都化為疲憊，夜諾真的是累壞了。他感覺身前的火暖洋洋的，腦袋一磕一磕，眼皮子也變得沉重無比。

「睡一下吧，阿夜，我來守夜。」慕婉露出一排潔白的皓齒輕笑，輕輕一拉裙角，拍了拍自己纖細白皙的大腿，示意夜諾用腦袋躺上去。

哼哼，這可是赫赫有名的膝枕喔，還不快被我拿下。少女眼中都是誘惑的小星星。

「哦，有危險叫我。」夜諾實在是撐不住了，殺蜃怪前，他的身體早已虧空，急需補充睡眠和恢復體力。

他迷迷糊糊的靠在左邊的石壁上，呼吸均勻，竟然立刻就睡著了。

「切，阿諾是不解風情的笨蛋。」慕婉嘟著嘴，撐著下巴，在火光下看著夜諾的側臉。

嘻嘻，越看越好看。阿諾果然是耐看型的。

慕婉一看就看得癡了，突然，從洞穴深處傳來一陣窸窸窣窣的響聲。少女猛地轉頭朝聲音來源的方向望去。

怪了，怎麼突然陰冷了起來。

彷彿靠近他們的東西，非常的危險。沒有太多觸覺的慕婉都感到毛骨悚然。洞穴本來就不高的溫度，隨著那聲音的靠近，越來越陰寒。不多時，兩壁上，竟然凝了一層冰霜。

慕婉心驚肉跳，她感覺自己的靈魂在發抖。

少女低頭看了夜諾一眼，他睡得正香，平時警覺性那麼高的夜諾，竟然毫無清醒的徵兆。她一咬牙，輕輕的用烤得半乾的潛水服將夜諾蓋住。

之後雙手化為寒光凜烈的利刃，朝聲音的來源處迎去。

「誰！」慕婉嬌喝道，當她看清了來者的模樣時，頓時瞪大了眼睛，難以置信：

「怎麼可能是你！」

幾秒後，洞穴陷入了死寂，恢復了悄無聲息。

—06—
金沙大王廟

第二天一大早，當夜諾神清氣爽的醒過來時，卻沒有看到慕婉那丫頭的身影。

他皺了皺眉頭，頓時從地上跳起來。篝火早就熄滅了，涼得不能再涼，黑乎乎的炭灰上，竟然結了一層冰霜。

不光如此，原本很悶的陰涼洞穴，四壁上同樣鋪滿了霜。這些霜隨著陽光出現，開始消融，但是融化的水不是純水，竟然是黑色的。

黑色的融水，帶著強烈的死魚死蝦的氣味，臭得人難以忍受。這味道夜諾十分熟悉，早在春城到重城的高速公路上時，類似的味道就一直陰魂不散的跟蹤著他和慕婉。

怪了，慕婉那丫頭，究竟哪兒去了。明明洞穴的出口還被石塊堵著，他布置的結界也沒有被觸發的痕跡。

但是慕婉整個人，竟然就這麼消失了？

「沒有打鬥的痕跡……」夜諾盯著地上，分辨著地上的痕跡。很快，他看到了一個小小的腳印，這腳印分明就是慕婉的。

丫頭像是被什麼牽了魂，徑直朝洞穴深處走去。

除此之外，就沒有其他痕跡了。

這很怪，怪得讓夜諾有些後背發涼。慕婉的性格，夜諾打小就清楚得很。如果有危險的話，她肯定不會離開自己身旁。

但從腳印判斷，慕婉下半夜就走了，一走便沒有回來。這就非常不符合常理了。她是由百變軟泥構成，不吃不喝，也不會有普通人的三急。那她幾個小時前，怎麼會突然離開呢？

慕婉到底看到了什麼，發現了什麼？

夜諾越想越奇怪，越怪，他越戒備。這看起來平平無奇的山洞，看起來隱藏著某種怪異的存在。否則，慕婉沒有道理會離開他身旁。

他警戒的跟著慕婉的腳印朝洞穴深處前行，洞穴斜著朝下，不知道深淺。而慕婉的腳印，是幾個小時前留下來的。如果不是構成她身體的百變軟泥有一種特有的，夜諾才能察覺到的氣息，他肯定不會注意到。

一直朝前走了半個小時。

小小的洞穴豁然開朗，奇石鐘乳，怪誕嶙峋，層出不窮。在頭燈的照射下，竟然反射著絢麗的光澤。

從小洞穴穿出去，就是一個巨大的石穴大廳。這個大廳極大，頭頂的鐘乳石更是古怪，甚至有多處人工雕琢的痕跡。像是為了修築什麼工程，而特意的將尖銳的鐘乳石敲掉，免得掉下來砸傷人出意外。

甚至地上，處處都有碎掉的鐘乳岩。夜諾湊到其中幾個前，看了看切口，切口並不平整，應該是用錘子捶下來的。透過判斷斷裂處的腐蝕程度，夜諾猜測，這個洞穴中的工程，至少持續了一百多年以上。

而洞穴內人為痕跡的歷史，絕對是五千多年前的事情了。

怪了，長江兩岸雖然是華夏人類的發源地之一，可五千年前，這一帶並沒有形成有規模的人口聚落啊。由於長江天然天險的存在，將兩岸活活分割開。明明兩岸最短處只有不足一公里的水路，可幾千年來，兩岸的兩個村子可以隔村相望，卻不能有效的交流。

甚至兩岸的語言，都無法互通。

這就是長江，凶險而可怕。在古人的眼中，就像一條惡龍，喜怒哀樂全憑心情。

眼前的山洞大廳，高低處特意修建出了許多條台階小道，方便用來運送物資。

是什麼人，出於什麼目的，召集了大量的人力來修築這個洞穴？

夜諾不能理解，因為完全沒有必要啊。

長江兩岸雖然窮山惡水，但是樹木多，人民沒有居住到洞穴中的習慣。而看地上開鑿的痕跡，進入洞穴修築大廳的人，至少上千。

這在五千年前，生產資料匱乏的古代，集合上千人來共同完成一件沒有意義的事情，近乎不可能。

除非，那些民眾，是自發的，在幹某種極有必要的事。

夜諾沒看出所以然來。但周圍死魚死蝦的氣息，卻更加的濃烈。他屏住呼吸，實在受不了了，才用力的吸上一大口氣，接著緩慢的朝前走。

又走了一段路，突然，夜諾猛地瞪大了眼睛，臉上露出震驚的神情。

不遠處一塊地上，居然躺著一個人。不，確切的說，是一具屍體。那具屍體夜諾很熟悉，赫然是老顧！

「他怎麼會死在這裡？」夜諾有些難以置信。怎麼說老顧也是個 C6 級別的強者，咋說死，就死了？

他環顧四周，這才發現這個巨大的石穴大廳，其實有許多入口。想來是老顧昨晚追著他們上了岸後，並沒有找到他們。反而是從另一個入口，進入了這石穴。

老顧死得很慘，一臉恐懼，彷彿看到了什麼極為可怕的景物。

他渾身都有傷痕，顯然是反抗過。但是沒反抗幾下，就死了。致命傷，是脖子上的兩個血洞。

老顧喉嚨的血洞，尖銳深邃，布滿了黑色的膿液。兩根尖銳物深深的刺入血管，然後將他的血吸食一空。他十根手指頭上都有創口，那創口上的牙齒印，是老顧自己的。而老顧的舌頭，甚至都被他自己給咬了下來，精血耗盡。

能咬破指尖，咬斷舌頭施展的秘法巫術，一定不簡單。可老顧還是無法有效的擋下攻擊他的東西，死於非命。

夜諾在他身上摸了一遍，這個自稱是北巫的巫人，做事非常仔細，渾身上下竟然沒有讓夜諾找到太多線索。他幾乎什麼都沒有帶，只有一個黑色的木頭雕刻。

雕刻上有許多怪異的線條，像是某種地圖的一隅。

夜諾對照了腦子中特意記住的，長江兩岸的衛星地圖略圖。並沒有找到類似的位置，或許這些線條，對應的是極為局部地方的地點也說不定。

「可惜了。」夜諾嘆了口氣。

老顧死得太突然，他本想設陷阱先將這傢伙抓住，然後嚴刑逼供，問一問慕婉死因的前因後果，甚至挖出慕婉屍體的線索的。

但是人已經死了，還問個屁。

而且，他後背涼颼颼的，這個洞穴太怪異了。既然老顧是受到攻擊而死，那就說明，洞穴裡並不是沒有別的東西。至少咬死老顧的存在，或許仍舊在洞穴中隱藏著。

難不成昨晚慕婉突然離開，就和那攻擊老顧的東西有關？

夜諾繞過老顧的屍體，一直追蹤這慕婉的腳印。慕婉的蹤跡在老顧的屍體下方交錯而過，說明老顧死前，慕婉已經朝石穴內部走去了。

這條石穴有一條主路，甚至還用片岩鋪就出了石板路，很平整。幾千年的水滴沖刷，只是讓石板變得色澤更青、更光滑。

主路寬約三公尺，彎彎曲曲，朝洞穴深處蔓延。三公尺寬的石板路，放在五千年的長江兩岸的主幹道上，都不算窄，更不用說，這裡是一個荒無人煙的洞穴。而洞穴裡高低不平，想要修得平整，以當時的科技水準，只能刀耕火焚，全靠人工用最簡易的工具，一銼子一銼子的砸出來。

整個洞穴，都瀰漫著詭異。

夜諾小心翼翼，盡量隱藏自己的氣息和腳步聲，他總覺得背後有一雙可怕猙獰的眼睛，在死死的盯著自己。

那絕對不是錯覺。

越往內部走，石穴的穹頂就越高。周圍的石鐘乳在夜諾的頭燈中，不斷變幻著五彩霞光，美麗非凡。但越是美麗的東西，越危險。這個道理，夜諾十分清楚。

更不用說，類似的光澤，單單憑著鐘乳石的反光，根本就不可能散發出來。

夜諾靠近其中一根石柱，看了一眼後，倒吸了一口氣。這石柱上的反光，幾乎都來自一種菌類。這種菌類夜諾從來沒有見過，它依附在鐘乳石上，不知道吸收了什麼礦物質，竟然產生了和高速路上塗抹過稀有金屬塗層的反光板一般，可以反射和增加特定的光譜。

而且每一叢菌類，反射的光譜都不同。夜諾甚至驚訝的發現，這些菌類並不是亂長出來的，而是有人特意栽種的。

每一種反射的光譜，都代表著某種意義。

只是夜諾暫時沒搞懂，這些反光究竟代表著什麼意思罷了。可既然花了大力氣修築洞穴，又栽種了可以反光的菌類，夜諾更加好奇五千年前的古人，到底想在這個洞穴中搞什麼鬼。

在這迷幻的菌類霞光中，夜諾又往前走了二十多分鐘。隨著前進，石板路變得更加寬廣，菌類反射的亮度也驚人的提高著。

明明在這足足有上百公尺高的石穴中，夜諾腦袋上的一丁點光線，連水花都濺不起來。

可是燈光被周圍的菌類不斷反射折射增加亮度，竟然讓周圍的環境都明亮了起來。他孤零零的行走在偌大的洞穴中，猶如一隻小螞蟻，在石頭山縫隙中爬行。

終於，亂石嶙峋的洞穴裡，石板路到了盡頭。

夜諾抬頭一看，猶如被雷電擊中似的，震驚得無法形容。他實在是被震撼住了。這洞穴中，居然有一座恢宏龐大的建築物。

目測石頭壘成的建築物高達六十公尺，足足有二十層樓。夜諾根本難以想像，五千年前的人，到底是利用什麼工具，將雕刻得整整齊齊的石塊，一層一層堆疊起來。

厚重的建築物牆壁長滿了發光的菌類，五彩斑斕，煞是威嚴。夜諾從下往上看，菌類的分布很混亂，卻恰好形成了一副恢宏的圖卷。

圖卷上，一條幽幽的長河流逝，這應該就是長江。江水滔天，裹挾著大量的怪魚怪蝦，朝兩岸岸邊沖擊而下。兩岸無數村莊中，許多絕望的人在哭泣，跪拜。

陡然，一個巨大的身影落了下來。那身影無比偉岸，竟是個頂天立地的巨人。光頭巨人腳踩在長江中，滔天江水只及他的腰部。

巨人手一探出，捏死了無數怪魚精怪。他腳踏地，踏過的地面形成了一個個的回水蕩。一共十三個回水蕩，每個回水蕩都深達地獄，能容納大量的江水，讓長江的洪峰生生改道。

做完這一切後，巨人轟然倒入長江中，江水將其掩埋，他的身影消失不見。

夜諾極為震撼，這幅長卷莫不說的就是傳說中的金沙大王？這裡，是五千年前的古人，替金沙大王修建的廟宇？

可這雄偉壯觀的廟宇，為什麼修築在這深山中的洞穴裡？最怪的是，這附近應該屬於五狹大壩的淹沒區。二十多年前，修建五狹大壩的工作人員和考古人員，在淹沒區調查研究了十多年，早已將沿岸的文物和重要古蹟都遷走了。

這個隱藏在洞穴裡的龐然廟宇，雖然看似隱蔽，但那麼多出入口都能通達這，考古人員理應會發現才對。

但是它卻能一直隱藏著，隱藏了五千年！

這太怪了。

夜諾往前走了幾步，離廟宇更近了些。他撥開反光的菌類，檢查廟宇的牆壁。這些牆壁用的石頭很講究，通體發白，甚至有些像漢白玉。但顯然不是漢白玉，因為材質和特性都不同。

石塊類似某種動物化石凝結而成的碳酸鈣結晶體，硬度稍遜於漢白玉，或許是本地特有的石種。不過夜諾並沒有在沿路上見到過類似的石材，或許是遠處運來的。古人為了修築這座廟宇，耗盡人力物力，可見金沙大王的信仰在他們的心中有多麼重要。

大到可怕的廟宇兩旁，還有兩尊三十公尺高的潔白雕像。這兩尊雕像更加驚人，竟然是用整塊石頭雕琢而成。

兩尊雕像都是光頭的天神，它腳踩長河，手撐天地，萬丈洪水就在腳下。哪怕遠遠凝視，都讓夜諾感到心驚肉跳，想要埋頭跪拜。

金沙大王被雕刻得栩栩如生，法力無邊。

突然，夜諾的眸子縮了一下。這兩尊雕像，都有同一個特點。法力無邊，浩然無比的金沙大王脊梁骨上，竟然連著十三根鎖鏈。那粗壯的，比成年人還粗的鎖鏈盡頭，十三枚金光閃閃令牌似的東西，深深插入地面。

夜諾渾身一震。

這鎖鏈連著的十三枚令牌，怎麼看怎麼像是長江十三令。

但這是怎麼回事！金沙大王如同上古天神，保佑蒼生。可一個天神，怎麼會被十三道鎖鏈鎖住琵琶骨？怎麼會有十三枚令牌，彷彿封印他似的，將他死死的鎖在原地？

夜諾有些懵，他很難理解眼前的雕像。

這個金沙古神，更像是被封印在這兒的，並不像出於他自己的意願。他真的，是古神嗎？

許多疑問湧入腦中，夜諾皺了皺眉頭，線索太少了，他沒有繼續想下去。決定先找到慕婉再說。

慕婉的腳印，一直往廟宇大門的方向延續。

夜諾跟著腳印一路向前走。最後，在高十五公尺的恢宏神廟門前停下，一個小小的身影蜷縮在地上，身子骨還在顫抖。

「慕婉！」夜諾連忙衝到前方。

慕婉躺在地上，閉著眼睛，已經昏迷了不知道多久。

夜諾蹲下身，伸手拍在少女的額頭，感覺著百變軟泥中慕婉的神魂。丫頭的神魂不穩，像是遭受了什麼變故，本就已經弱小的殘魂，現在更加衰弱了。

如果說她在世界上羈留的時間，昨天還能有十八天，現在，已經不足十天了。她身上到底發生了什麼事，為什麼她會莫名其妙的走到這兒，魂魄還被削弱了不少？

就像是被什麼人，用某種手法，硬是從慕婉本就不多的殘魂中，又奪走了一部分？但為什麼奪走慕婉半絲殘魂的傢伙，不把她的魂魄全都攝走？

誰幹的？劉十三？

大量的疑惑，從夜諾的腦子裡閃過。夜諾顧不得多想，右手捏了個定魂咒，從慕婉的頭頂灌進去。

金光乍現後，慕婉微微嘆息一聲，清醒過來。

「阿諾，頭好痛啊，嗚嗚，我怎麼了？」慕婉醒轉後，突然驚叫一聲：「小心！」

背後一道風襲來，是利刃破空的聲音。

夜諾早就戒備著周圍環境，哪裡容襲擊者得手。他頭也不回，一個掌上飛，將手心裡拽著的硬幣打了出去。

「痛。」只聽金屬掉地聲，以及一個女性音調在呼痛。

「誰！」夜諾臉上帶著煞氣，手一翻，百變軟泥變成刀，瞬間朝後攻擊。

背後的女性連連驚呼，求饒道：「帥哥，你誤會了，我不是想攻擊你。」

「你想攻擊她，一樣要死。」夜諾冷哼一聲。

襲擊者很弱小，這是讓夜諾覺得奇怪的地方。但毋庸置疑，她顯然先蠱惑了慕婉，讓她離開自己。然後到了神廟前，不知用什麼手段，抽取了她一半的魂魄。

現在更是想殺掉她。太可惡了！

夜諾手下不留情，襲擊者連連敗退，嘴裡不斷驚呼。他手裡的刀，發出叮叮咚咚的碰撞聲，怪的是，夜諾竟然破不了襲擊者的防禦。

有一層淡淡的光，將她罩住。那光黑得發亮，散發著濃烈的不祥氣息。

夜諾用刀將地上的慕婉護著，拉開了距離，盯著襲擊者。出人意料的是，這個襲擊者竟然是女學生打扮。大約二十歲出頭，長相不算漂亮，不高不矮不胖不瘦，丟進人群裡就是極為普通的一個人。

但就是這麼一個普通人，卻站在金沙大王偏僻的神廟前，怎麼看怎麼都覺得不和諧。

「你是誰？」夜諾皺眉：「你為什麼要殺慕婉？」

「她果然是那個叫慕婉的女孩。」襲擊者嘆了口氣，竟然有點欣慰：「還好，我沒有找錯人。」

「什麼意思？」夜諾瞪她。

慕婉站了起來，雖然頭仍舊在發痛，但精神穩定了許多。她指著眼前的襲擊者，湊到夜諾耳畔，低聲道：「阿諾，我好像見過這個人。」

「你見過她？」夜諾有些吃驚：「在哪兒？」

「遊輪上，我坐的那趟，嘉實遊輪 07 號。」慕婉道。

夜諾更加吃驚了：「你不是記不得遊輪上發生過的事情嗎？」

「對啊，我也以為我不記得了。但是昨晚她突然出現在洞穴裡，招呼我過去。之後的事情，我迷迷糊糊的，就記不太清了。」慕婉迷惑的說。

事情，越發的像是一團亂麻。

夜諾厲聲道：「你和北巫有什麼關係？是不是你們的組織，殺掉了慕婉和另外十二名女孩？」

這女人無論說不說清楚，夜諾也不準備放她走掉。

女人揉了揉太陽穴：「我不是什麼北巫，其實三年前，我也不過只是個普通的準備高考的少女而已。我現在只剩下恨，恨那個人。無論那個人要做什麼，我都要親手阻止，摧毀他想要的一切。」

這番沒頭沒尾的話，讓夜諾沒聽明白。眼前的女人確實很普通，可她身上縈繞的邪惡力量，卻不斷的從體內湧出來。

夜諾暫時破不了。那黑漆漆的不祥之氣，讓人很難受。

「有沒有興趣聽一個很長很長的故事？」雙方都奈何不了對方。夜諾殺不了這女人，女人也打不過夜諾。最後，女人找了塊石頭，坐了下來。

「有意思，那我就聽聽。」夜諾也拉著慕婉坐在對面，他警戒著對方，一有不對，就會攻擊。

但女人似乎真的沒了繼續殺慕婉的興趣，從身上摸出一根菸，點燃，徐徐煙火氣，緩緩升起，升向黑漆漆的洞穴頂端。

之後，女人講了一個匪夷所思的故事。

女人，叫白卉。

三年前，白卉還在雨經鎮一所小小的高中，讀高三。她很普通，生活也很簡單。長相不出眾，也不討人厭。唯一的野心，就是愛上了帥氣的班長。

可就是這野心，讓她遭受了生不如死的厄運。

班長騙她扯下了屁股上的一道怪異的符咒後，就消失不見了。整個小鎮都沒有他存在過的記憶，而那道符咒，也從班長的屁股上，轉移到她身上。

她扯不掉那張符咒，甚至除了她以外，別人也看不到。女孩恐懼，害怕，難受，絕望。她想要找到班長，問為什麼偏偏選中自己。

但是班長消失得乾乾淨淨，沒有留下任何痕跡。

白卉太痛苦了，那道符咒看起來對自己沒有啥害處。但她的身體，卻在詭異的變化著。她的肌肉開始僵硬，血液裡的血，也變得不再呈現紅色，而是越來越淡。

許多的變化，令白卉難以忍受。

終於，她選擇了自殺。可真等到她爬上雨經鎮最高的樓，從十九樓跳下來之後，女孩才驚訝的發現，自己連死都做不到。

身上的符咒在她落地前，閃過一道黑光，保護了她。地面的瓷磚都因為白卉跳樓的衝擊而支離破碎，她卻沒事人似的，拍拍屁股爬起來，又生龍活虎了。

她無法死去，身體還在逐漸變異。白卉最初還想要弄清楚身上這張符到底是怎麼回事，最後，她不在乎了。

無所謂了。

她現在只想找到那個神秘的班長，既然班長毀了她的人生，那麼她也要毀掉他的。於是白卉輟了學，在世間行屍走肉的遊蕩著，尋找著班長的線索。

但是三年過去，白卉始終一無所獲，直到不久前作了個怪夢，夢到了班長搭乘嘉實遊輪 07 號，在一道巨大的瀑布下方，看著無數怪魚朝上跳。

這個線索，讓幾近瘋狂的白卉終於看到了一絲曙光，她憑著不死之身和變異得越來越不像是人類的身體，搶了幾個富豪。拿著錢買了嘉實遊輪的船票，不是一張船票，而是一整年的。

從年初，她就住在了嘉實遊輪 07 號上，一直等待著班長的出現。

白卉的故事講到這兒，語氣頓了頓，沒有繼續講下去。

慕婉眨巴著眼睛，使勁兒的瞅著她。丫頭怎麼看，都不覺得白卉哪裡不像個人了。但是夜諾看得更真切。

透過遺物看破，白卉的數據一直不穩定。她的血液非常黏稠，肌肉組織遠超人類。就連皮肉下的骨骼，也變形了。確切的說，白卉，確實不是人類了，而是變成了半個穢物的存在。

只是她外表如常，看不出來而已。

一張小小的符咒而已，怎麼會將一個普通人改變成這樣？

夜諾催使遺物看破，再次將白卉全身都掃描了一次，但是他仍舊沒有看到白卉口中所說的那張符。只是從資料中，讀到女人臀部的位置，確實有些資料不太正常。好像是黏附著某種高能量的物件。

「你是說，你從今年以來，就一直潛伏在嘉實遊輪 07 號上？」夜諾問。

「沒錯。」白卉點頭。

「那一個月前，十三個少女被害死的事情，你也知道？」

「當然，我親眼看到了。」白卉淡淡一笑。

夜諾心臟狂跳：「告訴我。」

「憑什麼。」白卉吐出三個字：「我可沒義務給你解謎，除非，你把慕婉給我。」

「為什麼你要她？」夜諾皺了皺眉頭。

「因為她是那個混帳的計畫中，最重要的一環。只要這一環缺失了，他的計畫就會失敗。」白卉笑起來，普普通通的臉上的笑容，帶著一絲陰森：「只要他不開心，我就會很開心。」

那是想要報復，想要到心靈已經扭曲的笑。

夜諾悚然而起，一把將慕婉拉進懷裡。隨著白卉的笑，他心底湧上來了一股極為不祥的預感。

好像有什麼不好的東西，在朝他們逼近。那些東西帶著強烈的戾氣，化而不散。腳步聲一頓一跳，速度極快。

「你感覺到了？還真敏銳呢。」白卉搖頭笑笑，臉笑得更加陰森：「快把慕婉的魂給我，不然洞穴中間那個死掉的老頭，就是你的下場。」

「老顧是你殺的？」夜諾吃驚道，他手中抓著刀，戒備的盯著不斷逼近的腳步聲。

一共有三個東西，腳步聲中，夾雜著嘩啦啦的鎖鏈拖在地上的響。

終於，那三個聲響露出了真面目。居然是三個穿著骯髒白衣的少女，少女衣服凌亂，死了不知道多久。渾身都因為長期浸泡在水中，皮肉發漲發腫成醬肉的模樣。

這三具屍體，都被轉化為殭屍。腫脹的皮膚上，長著濃濃的黑白毛，顯然是就要徹底轉變為黑毛殭屍了。

夜諾額頭上冒出冷汗。

一隻白毛僵還比較好搞，但已經逐漸轉化為黑毛的殭屍，就很棘手了。更不用說現在一來，就來了三隻。

就算加上一個慕婉，他們也是打不過的。

「嘻嘻。看見了吧，這三隻殭屍，都是我做的哦。我看到班長將那些少女一個一個的換著地方推下水，記住了位置後，這才偷偷把其中三隻打撈上來。」白卉樂孜孜的道：「我餵它們吃我的血和肉，它們就變得很聽話了，只聽我的話。」

原來這三隻活屍體，都是原本嘉實遊輪上被殺害的少女。這幾具屍體的腿上，無一例外，都捆著一道金黃的令牌。

長江十三令。

— 07 —

北巫

「殺！」白卉對著活屍噴了口煙，三具本來動作僵硬的屍體，頓時靈活起來。一蹦一跳的，化為三道殘影，朝著夜諾襲來。

「臥槽，這女人神經有問題。」夜諾咂舌。這叫白卉的女子，精神狀態不太穩定，俗稱神經病。

三隻發黴到長黑毛的殭屍，夜諾可打不過。他虛晃一招，扯著慕婉就逃。背後是跳來跳去的殭屍和陰森森笑得瘆人的白卉，前方是巨大的金沙神廟，夜諾慌不擇路，直朝神廟的大門跑。

十幾公尺高，堅固無比的大門緊閉著，嚴絲合縫，沒有任何縫隙能進去。而白卉顯然也是剛來不久，對地形並不熟悉。

三個人，三隻殭屍，一追一趕。夜諾腦袋轉個不停，不斷的瞅著環境。神廟佔地寬廣，這洞穴也異常大。

跑了十幾分鐘後，神廟的牆壁鑽入了洞穴的牆壁上，竟然被夜諾逃到了死路上。

白卉陰笑著：「逃，你繼續逃啊，看你還能逃到哪裡去。」

「不逃了，不逃了。」夜諾搖頭，話鋒一轉：「不過，你也逃不掉了。」

「嗯?你神經病啊，明明是你就要被我給撕碎了。」白卉撇嘴。

被神經病當作神經病的夜諾，沒解釋。

白卉哪怕是神經病，頓時也感到不太對勁起來，她立刻發出命令，召喚自己養的三具殭屍，可是殭屍並沒有動。不光沒動，那三個腫脹的屍體，反而抬起猩紅的眼珠子，一眨不眨的盯著她看。

白卉打了個哆嗦，原本自己控制自如的殭屍，彷彿失去了控制。那眼神，像是下一秒就會把她撕碎。

怎麼回事?

白卉瞪大眼，厲喝道：「你對我的三隻寶寶做了什麼?」

夜諾一陣噁心，把殭屍當寶寶，白卉也算是古今中外第一人了。他沒說話，只彈了個手指。

殭屍發出一陣嘶吼，化為三條黑線，朝白卉撲過去。

「不可能，它們怎麼會聽你的，卻不聽我的。」白卉的鼻子裡灌入一股腥腥的屍臭，三隻殭屍幾個蹦跳間，就到了她跟前。伸出爪子，十根閃爍著寒光的指甲，眼看就要將她刺穿。

「哼，傷不了我。」白卉冷哼一聲。

但是令她更加恐懼的事情發生了，一直以來都詭異的保護著她的符咒，並沒有射出黑光。殭屍的爪子揮舞中，其中一隻抓住了她的脖子，將她給提了起來。

「怎麼會這樣，不可能，絕對不可能！」白卉慌了，一股死亡的氣息襲來，她覺得下一秒，自己就會被自己的血肉養出來的殭屍給撕碎。

可惡，那個男子到底對自己的寶寶做了什麼事！可惡！可惡！

白卉被掐得喘不過氣，眼睛一翻，整個人軟倒在地，暈了過去。

一道光閃過，洞穴恢復了平靜。神廟牆根下，夜諾和慕婉竟然離白卉遠遠的，而她養的三隻殭屍，還在原地不停的打轉，根本就沒有攻擊過她。

夜諾手裡拿著蜃珠，額頭上的冷汗不停的冒。

還好蜃珠驅使起來並不難，夜諾花費了大量的暗能量，輸入蜃珠中，催動幻象，讓白卉陷入了自己的幻覺當中。

三隻殭屍被陷入混亂的白卉胡亂驅使，原地團團轉。而她自己誤認為受到的攻擊，只是她自己掐住自己的脖子，把自己給活活掐暈了過去。

夜諾喘著粗氣。蜃珠畢竟是蛇級穢物的暗能量結晶體，以他現在的實力，只能稍微用一用。

慕婉全都看在眼裡，驚嘆道：「這個蜃珠好恐怖，那個白卉一下就著了道。阿諾，以後你不就無敵了。只要打不過的人，都讓他進入幻象裡。」

「哪有那麼簡單的事，白卉雖然可怕，但她本質上只是個普通的神經病，並不精通除穢術，沒啥見識。如果換一個真正的除穢師，結局如何，還真不好說。」夜諾搖頭，他驅使蜃珠形成的幻象，漏洞百出。

也就糊弄一下沒見過世面的白卉。

「先將三具殭屍封印起來。」夜諾趁著白卉昏迷，閃身到三具殭屍前。

三隻殭屍的犬牙閃著寒冷尖銳的光，它們已經睜開了眼，但是被調教得很好。哪怕是夜諾靠近身旁，但沒有白卉的命令，竟然一動不動，強壓著生食血肉的本能。只是不停的對著夜諾噴出白色屍氣。

夜諾咬破指尖，沒有符紙，就用血在殭屍的額頭畫了三張定屍符。

三具女屍，頓時停止了所有活動。

「綁起來。」夜諾知道自己的實力不足以定住三隻即將化為黑毛的殭屍，他又用百變軟泥變為精鋼繩索，把殭屍的手腳捆住。

順便也把白卉綁了起來。

夜諾湊過去，仔細的觀察三具屍體上的長江十三令。令牌上的花紋，和他上次得到的一模一樣。都有一個哀號痛苦的，流血的女子。金黃的令牌冰冷徹骨，摸上手直讓人心底發寒。

可怎麼看，這令牌都不像是有神奇力量的樣子。但為什麼白卉所說的神秘勢力，要將這十三枚令牌，投入長江？

這些令牌原本是用來鎖住金沙大王的琵琶骨的，也就是說，事情說來說去，還是和金沙大王有關？

那龍門呢？為什麼無論是江蜃的幻境，還是白卉的故事裡，都有那個龍門一般的瀑布？長江上的龍門瀑布，又和金沙大王有什麼聯繫？

夜諾很迷惑。謎，越來越多了。

叫上慕婉，他們合力將三具女屍腳踝上的長江十三令給敲了下來，夜諾掂量了幾下後，最終放棄隨身攜帶。

一塊令牌接近十公斤重，他以前得到的那一枚哪怕是現在，夜諾都還帶著。四枚總共四十公斤，已經超出了便攜的範圍。

他眼睛骨碌一轉，在神廟的牆根附近，找了塊隱秘的所在，將四枚長江十三令藏了起來。

白卉還在昏迷，夜諾讓慕婉盯著她，然後自己朝神廟的大門走去。

他想看看，這神廟既然花費了那麼多的人力物力才修建起來，古人不傻，絕對不會放一座空廟在這兒。說不定廟中，還供奉著金沙大王的隨身物件，甚至是，屍骸。

一直以來，夜諾都對金沙大王的存在非常好奇。畢竟有關這位神人的傳說，許多地方都自相矛盾。數千年前，真的會有一個人，高大數百公尺嗎？這完全不符合現代物理學啊。

夜諾一路沿著神廟的牆根走，走了不久，他突然停下了腳步。身影一晃，躲到了一塊石頭後邊。

他屏住呼吸，甚至捏了個隱氣訣，將自己和周圍的環境融為一體。

因為他看到神廟的門口，不知何時走來了十多個人。這些人穿著長江流域特有的巫人袍，黑色的巫人袍，全都是用魚皮和樹麻製作的。

夜諾一動也不動，他不敢動。

這些巫人身手敏捷，實力最差的也有C5，當頭那個人，實力竟然高達準A左右。三拳難敵四手，何況夜諾一個都打不過。巫人的巫術，實在是和除穢術天差地別，很容易就會著了道。

他有些納悶，這些巫人，到底是從哪裡冒出來的？

十多個巫人在神廟前嘰哩咕嚕的唸著咒語，然後抬上了祭品，幾個被捆綁著的，正值十八的女孩。

女孩們掙扎著，驚恐得大呼小叫。

其中一個巫人走上前，拿出彎刀在女孩們的脖子上一劃，女孩們的聲音戛然而止，瞪大眼睛，生命徹底停滯在了如花的年紀。

巫人把少女的頭扯下來，提到神廟大門口的兩尊雕像前，又是一陣嘰哩咕嚕的咒語。

那些人唸的咒語，夜諾一個字都聽不懂，語氣模糊，像是舌頭上黏著東西。但不妨礙他用驚人的記憶力，將咒語的音調語氣全都牢牢的記住。

就在這時，只聽一陣震耳欲聾的響聲。神廟高達十幾公尺的厚重大門，竟然緩緩的自動敞開。

門敞開了一條縫隙，可就算是縫隙，也完全夠讓正常人通過了。

十多個巫人往前走，彷彿一群螞蟻走進了人類的建築物內。

夜諾等了一會兒，沒找到周圍有人盯梢，也沒再察覺異樣。他聳了聳身體，正準備站起來，跟著那群人偷溜進去。

突然，一隻手探了出來，用力將他的嘴捂住。

夜諾瞪大眼睛，心臟狂跳，正準備攻擊的瞬間。一個聲音趕忙傳了過來：「別動，是我。」

聲音，是劉十三的。

「不要動，那些人是長江北巫，做事狠辣，而且心思細密，絕對不會什麼都不做就讓門敞開，他們肯定留有後手。你跟上去，一定會被發現。」劉十三道。

夜諾安靜下來，兩人趴伏在石頭後，將自己隱藏得更深了。

果不其然，沒多久，一名黑衣男子從神廟大門不知哪裡的陰暗處走了出來，他四處瞅了瞅。夜諾心裡一個激靈，這些北巫果然棘手，做事確實仔細。竟然特意留了一個人在附近監視。

黑衣人出來後，居然朝夜諾的方向拱了拱手：「別藏了，是哪些長江兄弟躲著，咱們明人不說暗話，出來溜溜。金沙大王廟裡的好處，咱們對半分。」

夜諾心臟又是一跳，但很快他就發現了貓膩。那男子根本就沒有發現他，只是在虛張聲勢。

人性很奇怪，哪怕沒有被指名道姓，都會下意識的認為男子說的就是自己，看破了自己的行跡。這是一種心理學。

男子等了一會兒，見沒人出現，再次拱手：「兄弟，如果你再不出來，就別怪我不客氣了。哼。」

他的腦袋藏在黑色魚皮中，雙眼爍爍發光。

突然，一個身影猛地向後竄去。黑衣男幾個跳躍追過去，很快，那個方向就傳來了一陣慘叫聲。不多時，黑衣男子倒提著一具軟軟的屍體，丟在了神廟前。

原本應該進入神廟的十幾個北巫，竟然走了出來。

「大巫，藏著一個南巫的人。」男子稟告。

當頭的一個巫人低頭看了一眼，聲音陰沉：「這不過是個小巫而已，封印已開，江裡的江蜃被殺了，蜃珠也被搶走。絕對不是一個小巫能做得到的。或許這附近還有別的南巫。何況，顧老三也被人殺了。這地方，可不太平啊。」

「是，小的會繼續在這裡守著。」黑衣男躬身行了個奇怪的禮。

「無論見到誰，格殺勿論。」這北巫吩咐完後，才帶領眾巫人真正的進入了神廟中。

黑衣男再次隱藏起來，但他早就暴露在夜諾的眼皮子底下。劉十三的臉色陰晴不定，喃喃道：「一共十七人。一個大巫，十個中巫，六個準中巫。這麼大的陣仗，北巫究竟想要幹啥?」

夜諾冷哼一聲:「老頭,看來你一直都沒有對我們說實話。這個地方,絕對不可能還在長江邊上,這到底是哪裡?」

如果現在夜諾還不明白,他就真的是傻子了。北巫中的大巫說封印解除,也就意味著,這一片地域,自古以來就被某種封印隱藏起來。所以為什麼他們會一出船,沒多久就遇到鯉魚精和蜃怪。

因為劉十三引導著他們,讓船開入了這片封印的水域。這片水域,或許自始至終,都不曾在長江的版圖上出現過。

劉十三嘆了口氣,倒也不再隱瞞:「這裡是巫峽!」

「巫峽?」夜諾愣了愣:「長江三峽的第二峽,就叫做巫峽。如果這裡是巫峽的話,不可能有那麼多穢物。畢竟巫峽是旅遊聖地,每天有無數人乘船遊覽。」

傳說中巫峽綺麗幽深,以俊秀著稱天下。

它峽長谷深,奇峰突兀,層巒疊嶂,雲騰霧繞,江流曲折,百轉千迴,船行其間,宛若進入奇麗的畫廊,充滿詩情畫意。

「萬峰磅礴一江通,鎖鑰荊襄氣勢雄」是對它真實的寫照。

峽江兩岸,青山不斷,群峰如屏,船行峽中,時而大山當前,石塞疑無路;忽又峰迴路轉，雲開別有天，宛如一條迂迴曲折的畫廊。巫峽兩岸群峰，各具特色。有一首著名的詩：巴東三峽巫峽長，猿鳴三聲淚沾裳。

講的就是那巫峽。

可眼前的巫峽，詭異莫名。竟然還隱藏著金沙大王神廟。如此明顯的神廟，如果真的在巫峽中，怎麼考古人員和當地的村民，從來沒有發現過？

難道劉十三又在糊弄自己？

「我說的巫峽，是真正的巫峽。」劉十三解釋道：「你只聽說過長江三峽有三道峽谷，對，世人通常也都這麼認為。可你卻不知道，其實千年前，長江三峽不叫三峽，因為它有四個峽。其中最神秘莫測的那一條，據說就是金沙大王身死處。那個第四峽，才是真正的巫峽。」

「但巫峽在千年前被巫人封印了，至於為什麼要封印它，我並不清楚。總之，我們現在待的地方，極有可能就是巫峽。」

夜諾睜大了眼。這段隱秘的歷史，想來只有長江兩岸的巫人才清楚，他肯定沒有管道知道。

但這所謂的真正的巫峽又是怎麼回事？和南北巫之爭，和長江十三令，和那道龍門瀑布，甚至慕婉十三人的慘死，有關係嗎？

「有。」劉十三彷彿猜到了夜諾的想法：「你小女朋友的死亡，肯定和北巫有關係。他們用陰人的命，布下長江十三令，就是為了解開巫峽的封印。現在封印已經解開，終於可以進入神廟了。」

劉十三的語氣很激動。

自古無論南巫北巫，他們崇拜的對象都只有一個，那就是金沙大王。他們的巫術，據說就是來自金沙大王的信仰。對金沙大王的崇拜，是他們一切的根基。

現在神廟已經近在咫尺，劉十三作為中巫，哪裡會不小心肝怦怦跳，恨不得馬上就進入神廟祭拜金沙大王。

「那些北巫，究竟想要進神廟拿什麼東西？」夜諾不認為北巫出了那麼多人手，費盡心力，就是為了跑進神廟去朝拜一下。

人的欲望溝壑難填滿，付出的代價越大，希望得到的收穫就越高。北巫重重陰謀，機關算盡，所圖必定不簡單。

劉十三沉默了一下，顯然他也想到了這一點。

「只有回巫山，詢問大巫，才清楚這些北巫究竟在搞什麼鬼。」他嘆息一聲後，話音一轉，笑得眉眼都皺了起來，討好的說：「夜小兄弟，你想不想進金沙神廟去看看？」

「不想。」夜諾撇撇嘴。他屁的不想，他好奇得都快瘋了。可討價還價這種事，肯定要先把籌碼拿厚一點。

這老頭顯然有求於自己。

「呵呵。」劉十三乾笑兩聲，引誘道：「金沙神廟中，據說好東西不少。你真不想要？」

「不想。」夜諾又搖頭。

劉十三嘴角抽了幾下：「好吧，咱們把牌攤開，只要等會兒你幫我個小忙。小兄弟你想要啥，老夫我盡量滿足你。」

「我要的你給不了。」夜諾淡淡道。

「說說試試。」劉十三要瘋了，這小子油鹽不進，而且油滑得很。求他簡直比修煉成大巫都難。

夜諾想了想：「我只要慕婉的屍體。」

劉十三眼睛閃出一道光：「那個叫慕婉的丫頭，她的魂，就是你用神泥保住的對吧？你想復活她？不可能，人死不能復生，就算你得到了她的屍體，最後魂也是保不住的。那丫頭，怕是也沒幾天好活了。」

夜諾怒瞪了他一眼，這老頭情商可不高，明明在求人卻亂說話。

劉十三被瞪得脖子縮了縮，他也明白自己說錯話了，連忙補救：「呵呵老夫的嘴有點臭，這是祖傳的，請小兄弟不要在意。既然你執意想要找到那丫頭的屍體，也不是沒有辦法。」

夜諾頓時有精神起來：「說。」

「想要解開封印，就需要布置下長江十三令。這是老祖宗當初封印巫峽的時候，就立下的條件。而布置長江十三令的位置，是固定的。」劉十三道。

夜諾其實早就已經有所猜測：「傳聞幾千年前，長江大澇，金沙大王用腳踩出了十三個回水蕩，將內澇的水全部裝了進去。難不成布置長江十三令的位置，就在這十三個回水蕩中？」

「不錯，回水蕩的地點，只要回巫山，老夫我立刻找給你。慕婉那丫頭的屍體，必然在其中一個裡。」劉十三摸了摸鬍子。

陰人腿上繫著十三令，沉入回水蕩裡，這就是開啟巫峽的鑰匙。

夜諾沒說話，思索了起來，周圍再次陷入了死寂中。

他有他的想法。劉十三的話，真真假假，但是如果找到沉屍的地點，確實是尋找到慕婉屍體的捷徑。

現在已經被找出的女屍，一共五具，還有八具不知所蹤。慕婉的就是其中之一。

只要再知曉剩下的回水蕩的位置，成功找到慕婉屍體的機率，就會很高。

十天時間，不算多，但是也足夠了。

見夜諾死活不表態，劉十三頓時急了起來：「小兄弟！」

「行，我可以和你合作。回水蕩的位置，你要告訴我，神廟中我看得上的好東西，也歸我。」夜諾終於點了點頭。

劉十三大喜：「行，只要不是金沙大王的屍骸，你要什麼都行。畢竟金沙大王的屍骸，小兄弟你拿去也沒有用，對不。咱們巫人祭拜金沙大王，也不過是圖個信仰而已。」

兩人談好條件，夜諾這才道：「說吧，你要怎麼跟我合作？」

劉十三指著黑衣人躲藏的位置：「那個北巫，是個中巫，實力弱我一些。但是老夫一個人無法在不驚動任何人的情況下，將他殺掉。小兄弟，你手裡有蜃珠，對吧？」

「你是想拜託我用蜃珠迷惑那個中巫？」夜諾故意面露難色：「蜃珠很浪費能量，你看，我不過是個 F4 罷了，實力低微，你們隨便一個人都能捏死我。」

劉十三險些破口大罵，奶奶的，自己跟了這傢伙一路，他幹的事自己全看在眼裡。白卉那女人古怪得很，但是實力很強，指揮著三隻準黑毛殭屍，都被這個傢伙陰了。特麼他現在還賣慘，說自己只是個 F4 級除穢師。

哪有那麼厲害的 F4，自己這個中巫，如果不是使盡手段，說不定都會被他搞定了。

但這些話，劉十三自然不會說出來，他在夜諾希冀的目光中，不負期望，伸手從懷裡摸出幾顆珠子：「夜小兄弟，這些東西，足夠你施展蜃珠了。」

夜諾看到珠子後，眼睛爆亮。哇，好東西。這些珠子竟然都是穢物體內凝結的暗能量結晶體，每一顆中，都含有大量的穢氣。

哪怕吸收一顆，也夠他使用一次蜃珠了；而珠子一共有三顆。

夜諾老實不客氣的將珠子抓過來，又攤開手：「還有沒有？使用蜃珠，這些珠子有點不夠用啊。」

劉十三險些一口老血吐出來，自己一輩子辛辛苦苦祛除長江上的穢物，總共也只結餘了幾顆穢珠。

「沒了沒了，老夫隨身就只帶了這幾顆，小兄弟還想要的話，我回巫山拿給你。」

「那就算你欠了我幾顆吧，我到時候再找你討要。」夜諾嘿嘿一笑。

劉十三嘴都氣歪了，但卻不敢吱聲。要是能將蜃珠搶過來，他早就搶了。奈何，蜃珠這東西，搶來也沒啥用。你看北巫進了巫峽後，也沒去驚擾江蜃。

蜃珠並不是每一個人都能用。

夜諾可能還不清楚，但劉十三是個明白人。他對夜諾極為好奇。一般人，根本不可能抓著蜃珠就能施展幻象。蜃珠非常稀有，需要煉製後，化解內部的結晶體，讓其中的能量對主人產生親和力後，才有機會利用。

可夜諾體內的除穢力，非常古怪，竟然直接跳過這一步。

這小子，不簡單。

「夜小兄弟，你只要幫我迷惑那個中巫三十秒，我就能悄無聲息的搞定他。」劉十三獅子大開口。

夜諾將腦袋搖成了撥浪鼓：「不可能。那個中巫的實力最少也在C6，以我的實力，現在利用蜃珠建構的幻境，最多困他五秒鐘。」

「我最少也需要十五秒。」劉十三一咬牙，砍掉一半。

夜諾躊躇了片刻，最終點頭：「我盡力。」

劉十三大喜，兩人屏住呼吸。夜諾掏出那顆流轉著霞光的蜃珠，體內的暗能量流入珠子中，霞光暴漲，一個幻象開始在珠子中形成，最後射出一道光，飛向那名北巫躲藏的地點……

08
長江第四峽

長江，三峽區域西起重城慶市白帝城，東至北湖昌宜市南津關，全長一百九十三公里，沿途兩岸奇峰陡立、峭壁對峙。

自西向東依次為瞿塘峽、巫峽，以及西陵峽。

重城市巫山縣境內，有大寧河小三峽、馬渡河小小三峽。

禁捕隊長仲文成開著船，帶著幾個兄弟，在長江上駛過。

他們的船後邊拖著一條長長的白色水線，現在正值汛期，再加上最近的任務繁重，讓仲文成有點焦頭爛額，本來就有點地中海的頭髮，又脫落了幾根。

國家公告，在明年中旬前，長江流域將進入長達十年的禁捕期。包括長江幹流，岷江、沱江、赤水河、嘉陵江、烏江、漢江、大渡河等重要支流，以及鄱陽湖、洞庭湖等通江湖泊，都會全部關渠，沿途一萬里的所有漁民，將會上岸。

長江水面，十年內，再也不會有任何漁民存在。世世代代打魚為生的上百萬人，將徹底改行。

仲文成最近的壓力很大。

他巡視的範圍在巫峽附近，長達六十公里的水岸線。許多漁民並不理解他的工作，畢竟打魚的傳統延續了成千上萬年。有記載以來，就有專職捕魚的職業。

在巫峽，爺爺把漁船和漁網交給兒子，兒子交給孫子，一代一代，傳承不止。

但長江流域的過度捕撈，已經讓江水中，再沒有大魚。斷子絕孫網的發明，甚至連江河中的小魚，也要被捕撈殆盡。

長江，該休息一下了。

仲文成今年四十歲，常年的巡視工作，讓他變成了鐵打的漢子。最近每天在水上巡察的時間，更是超過了十五個小時。

家，他已經好些時日沒回去過了。

他今年勸退了大量的漁民，有的漁民好說話，但有些漁民很固執，在他勸說時，還會紅著脖子咒罵，提著鏟子追打他。

公告發布半年後，工作量絲毫沒有減少。還剩大半年時間，國家的規定就要實施，可在仲文成的管轄範圍內，仍舊有九十多戶漁民，不願意上岸。

仲文成今天去的村子，叫巫谷村。其中就有好幾個頑固的老漁民，過慣了打魚的日子，好說歹說，都堅決不上交漁船。

他準備再去勸說那些老漁民，講一講國家的新政策和規定。船行很快，不多時就從瞿塘峽來到了巫峽附近，巫谷村遙遙在望。可今天的村子，似乎有些不太正常。

仲文成遠遠就看到，村子的簡陋碼頭上，許多村民圍攏在一起，彷彿在議論著什麼。憑著職業警覺，仲文成聞到了不尋常的氣息。

他連忙指揮禁捕隊的幾個小夥子，將船緩緩停在碼頭旁。剛跳下船，踩在陸地上就聽到岸上一陣陣驚呼和大笑聲。

「什麼事？」仲文成湊上前，還沒說完話，就看到好幾個漁民偷偷摸摸的將什麼東西塞進木造船艙中。

「拿出來我看看。」穿著制服的仲文成抽出證件晃了晃，禁捕隊隸屬於漁政部門，打撈上來的魚也歸他管。

這些漁民的笑，他熟悉得很。只有捕撈到了好東西，才會笑得這麼燦爛。而長江裡的好東西，幾乎都被列為了國家保護動物。

「小仲，你又來啦。老子說過了，不搬上岸，就是不搬。」一個老漁民哼了一聲。眾人都圍著他的船看稀奇，看來捕撈到好東西的人，就他了。這老漁民，仲文成記得很清楚。是巫谷村中最頑固的打魚人。據說他家世世代代都是打魚人，傳到他這一代，已經是第十七代了。

老頭子姓熊，叫熊山。

熊山老爺子常年駕駛著一艘長十公尺，寬三公尺的木船。這艘木船通體漆黑，就連棚子都是黑的。船有些年頭了，聽說是熊山的爺爺製造的。傳到他頭上，至今也有七十多年。

木船的品質很好，就是船艙下不斷的發出啪啪啪的響聲，像是有什麼東西在裡邊亂撞亂跳。

「熊大爺，我今天雖然還是來勸你搬上岸的。不過，你先把你船艙裡的東西，給我瞅瞅。」仲文成笑了笑後，嚴肅的說：「大爺，你不會是捕撈到了國家明令禁止的什麼魚吧。」

「呵呵，小仲，你可別逗我笑了。你大爺還是你大爺，就算老了，國家不讓咱們捕撈什麼，老頭子我還是記得清清楚楚的。我就是在長江裡撈起了一些小雜魚罷了，不值錢。」老頭死活不讓仲文成檢查船艙。

他越是不讓，仲文成越懷疑。

好說歹說，用上了強制執法權，熊山老頭才心不甘情不願的挪開身，讓禁捕隊的人搜查。

仲文成一拉開船艙的蓋子，所有禁捕隊員都倒吸一口氣。船艙中密密麻麻的擠著數十條魚，這些魚的魚鱗像是閃爍的銀子，身長半米多，每一條大概都有十來公斤重。

類似的魚，不要說年輕的執法隊員，就連仲文成都沒見過。

長江上有啥魚能長這麼怪，模樣就像一把鋒利的刀子似的。看了半天，仲文成終於想起長江三峽附近曾有過的一種魚——山刀子。

仲文成小時候，他的父母也是漁民。當初就打到過山刀子。不過那些山刀子都很小，最大的也不過半斤重。可就算只有半斤，也是非常稀有，很值錢。

小小的幾條山刀子，他爸足足賣了一家六口人，半年的口糧。不然仲文成老早就餓死了。不過，山刀子早在三十年前絕跡。專家曾說，牠們應該是因過度捕撈而滅絕。

長江每年有幾十種魚滅絕，現在還存活著的魚類，已經不足十七種。

「這是，山刀子？」看到活蹦亂跳，早已經就滅絕的魚，仲文成有些不確定。

「小仲，你可真會說笑。這怎麼可能是山刀子，而且現在長江裡哪還有十來公斤重的大魚。這些魚都是我看著稀奇，從水產市場買回來準備拿去賣的。」熊山大爺臉不紅心不跳的撒謊。

仲文成冷哼一聲：「大爺，你就別誆我了。我在漁業部門幹了二十多年，附近水產市場，有賣什麼魚，我怎麼可能不知道。這些魚身上，帶著野生魚的特徵，不可能是養殖的。」

術業有專攻，不管是老漁民還是漁業部門的仲文成，一眼就能看出養殖魚和野生魚的不同。特別是長江中的原生魚，特徵非常明顯。

仲文成心裡明白，熊山大爺打上來的魚，十有八九就是山刀子。可普通山刀子，真能長這麼大？

要知道三十年前，一條半斤重的山刀子，就能賣幾千塊了。而這些十公斤重的怪魚，如果真是山刀子，一條怕不要十幾萬。

「你管我魚怎麼來的，總之山刀子又不屬於國家保護魚類，就算我抓的是山刀子，又能怎麼樣？」熊山大爺嗤之以鼻，他門清得很。

長江魚類保護法，是十多年前提出的，而山刀子魚二十多年前就滅絕了，自然不在保護名單中。

但仲文成明白，就算山刀子魚沒在保護名單上，但如果牠的身分真的被證實了，那將在長江的研究界帶來極大的震撼。

透過對已經滅絕的山刀子魚的生態研究，例如牠們躲在哪裡，如何默默的潛藏著，從幼小長到成年，甚至長到了十多公斤。這些問題的答案，將讓人們對長江的生態有更進一步的了解。

是漁業部門的大發現，仲文成說不定還會因此立個大功，千年不動的職位，也可以向上挪一挪了。

一想到這，仲文成就興奮不已。

「小仲，你看夠了吧。我這船上的魚不是違禁的魚，老頭子我可要走了。」熊山很明白自己這次打撈上來的魚有多珍貴，他急著拿去買。

如果把這十多條山刀子魚全脫手，自己家裡那兩個不爭氣的兒子，娶媳婦就有希望了。

熊山老頭駕駛船，一撐船杆子，就要離開碼頭。

仲文成哪裡會放熊山離開。

「老爺子，你不能走。這些魚究竟是不是長江保護名單上的魚種，你說了不算，我說了也不算。要拿回漁業部門鑑定。」仲文成打官腔。

熊山急了，怒道：「小仲，我看得起你，才叫你一聲小仲。看不起你，老子早就一杆子把你打進水裡去了。你知不知道斷人財路，和殺人沒兩樣。這些魚，老頭子我今天就要拿去賣。」

「不能賣。」仲文成一把抓住熊山老大爺的船杆子，他鐵了心要將魚封了，帶回漁業部門調查。

兩人一時間僵持不下。

就在這時，巫谷村碼頭上的幾十個漁民，幾十多條船都啟動了。大量的漁民烏秧秧的駕著船，瘋了似的朝巫峽深處駛去，那火急火燎的模樣，就像是前邊地上有金子，等著他們去撿拾。

仲文成和他的隊員們全愣住了，這些漁民到底要去哪裡，幹些啥？

熊山老大爺一蹬腿，氣得吹鬍子：「小仲，你是不是跟我過不去？你看他們那些傢伙，還不是趕著去捕大魚發財。你有時間跟我對著幹，還不如趕緊去攔他們。」

「什麼意思？」仲文成沒聽懂：「他們到底要去哪裡？」

開船的漁民，有大部分都是簽了協議，已經同意搬遷上岸，再也不打魚的漁民。他們拿了搬遷費和漁船的折舊費，漁船也被貼上封條，準備拖上岸焚毀了。

可今天怪得很，承諾了不再打魚的漁民，像是犯了羊癲瘋，不光沒了契約精神，還在他這個禁捕隊小隊長的眼皮子底下頂風作案。

到底有什麼，在吸引他們，就連犯法都不顧了？

「熊山大爺，你知道些什麼嗎？」一轉眼工夫，漁民們已經消失得一乾二淨。仲文成只好問熊山。

熊山沒好臉，但仍舊回答了：「你跟著他們，就知道了。巫峽深處出了大事，老頭子我也說不清楚。總之今天早晨我照常出船，可越是往前走，越是生疏。老頭我行船幾十年了，兩岸有什麼，哪裡摸得不順溜。

但是今天早上的江水不光不是我熟悉的水，就連魚，都變多了。一網撒下去，我就撈了十多條從來沒見過的大魚。哈哈哈。果然是金沙大王保佑我，知道我老頭子命苦，想要讓我享一享福嘍。」

老爺子的話囉囉嗦嗦的，但是仲文成敏銳的捕捉到了，他話裡的許多蹊蹺。

打了六十多年魚的熊山，今早駛入了一個不熟悉的地方。他一艘木船，能跑多遠。怎麼可能會有他不熟悉的地方？

其二，他只撒了一網，就網到了已經滅絕的山刀子。這太怪了。按理說這些山刀子能在人類的過度捕撈中活這麼久，長這麼大，應該是非常有警覺性的。怎麼可能一網，就撈上來那麼多。

彷彿牠們從來沒有遇到過人類似的。

仲文成怎麼想都想不通，最終，他決定追上漁民瞅瞅情況。不知為何，心中老是有一種說不出的不祥感覺。

事出反常必有妖，會不會有什麼糟糕大事將要發生？

「老爺子，你捕撈上來的魚，不能賣。」仲文成匆匆忙忙的丟下這句話，跳上自己的執法船，帶上弟兄們就追趕打魚的漁民去了。

熊山咕噥著，自己也七老八十了，他賣了魚能怎麼樣。將他這老頭子逮進去？監獄怕是也不敢收啊。

熊山老大爺一邊想，一邊搖著船，離開碼頭，朝十多公里外的水產市場趕去。可他走了沒多久，突然看到水面上出現了波瀾。

波浪越來越大，之後一股巨大的波濤被轟然炸起，水霧瀰漫，眼前一片發白。

熊山老爺子活了這麼大歲數，從來沒見過這種陣仗。他疑惑的等著水霧落下後，朝江面上瞅了一眼。

就一眼，讓他頓時臉色發白。

一隻白皙的手從水中猛地探出，將船抓住。只是輕輕一拽，用了幾十年的結實木頭船，竟然就被抓得支離破碎。

「怎麼可能，這是什麼東西。」熊山落了水，他心驚膽寒的大喊大叫，拚命的朝岸邊游。

可是已經晚了，一道水線劃過，熊山老大爺的身體被拽入水中。水面只剩下一抹薄薄的血色，被江水一沖，就徹底消失不見。

而仲文成，花了一個多小時，才好不容易追到打魚的船隊。

執法船開得不算慢，但打魚隊，人實在是太多了。仲文成很心急，在禁捕前夕的這個節骨眼上如果出了什麼么蛾子，自己隊長也別想當了。

但是船又往前開了一會兒，他就覺得不太對勁起來。

今天的巫峽，好像無比陌生。

仲文成打小就在巫峽附近長大，土生土長，這輩子都沒有離開過。巫峽沿岸他熟悉得很。而過了瞿塘峽後不久，就是巫峽。

巫峽雄偉壯觀，兩岸山峰疊出，清翠無比。但兩岸的風景，他居然一點都不認識。

這是怎麼回事？

難不成自己腦袋出問題了？

同樣感到異常的還有不遠處那些衝過來打魚的漁民。十多條船有現代的小型捕撈船，也有木製船上加了個引擎。

這些船駛著駛著，就突然都不動了。

仲文成壓下心中的疑惑，他想，先完成任務要緊。於是立刻打開了無線電，向所有的漁船喊話。

「各位鄉親，我是禁捕隊隊長仲文成，大家應該都認識我。非法捕撈是違法的，請大家不要以身試法。『捕撈作業不規範，親人回家淚兩行。』」仲文成的聲音，在所有漁船中響了起來。

出乎意料的是，有幾個漁民大聲回話：「仲隊長，你有沒有發現，今天的巫峽，好像不是巫峽。」

「沒錯沒錯，我祖上十幾代都在巫峽打魚，我也打了幾十年，附近的一草一木，記得清楚。這絕對不是巫峽。」

「但是我們從水路過來，過了瞿塘峽不遠就應該進入巫峽才對。這不是巫峽，是哪裡？」

漁民議論紛紛。雖然先前都被熊山撈上來的刀子魚蒙了心眼，也想要過來發一筆財。可真的來了後，卻發現情況變得詭異起來。

自古巫峽一條道，可前方本應該平直的所在，如今分成了兩條水道，每條水道都寬闊無比，不知道通往哪裡。

仲文成也發現了這一點，他摳了摳腦殼。奶奶的，昨天他來這兒巡查的時候，巫峽還只有一條水道彎彎曲曲的通往西陵峽。怎麼一天之間，又冒出另一條水道？

不是大家集體產生幻覺了吧？

他一邊讓自己的隊員繼續勸說漁民回去，一邊打開執法船的 GPS。一看之下，有點犯昏。GPS 地圖和往日並沒有什麼不同。他們停留在巫峽入口三公里處，前方山還是山，水還是水。至少地圖上沒有分出水路。

他揉了揉眼睛，確定不是幻覺後，連忙打開無線電，想要跟漁業局聯絡。但怪的是，不知何時起霧了。

一層濃濃的霧籠罩在水面上，很快就蔓延開，覆蓋了水面上一兩公尺左右的位置。漁船就像是漂泊在雲間，美輪美奐。

仲文成沒有在意，巫峽起霧是源於濕度高，十天總有兩三天能見到這奇景，對他們來說一丁點都不稀奇。

可這霧，也彷彿不太一般。

無線電信號，居然失效了。無論如何都沒辦法聯絡總部。

就在這時，有艘漁船在無線電中驚呼一聲：「臥槽，水面下好像有東西。」

「怎麼回事！」仲文成打了個激靈，連忙抓起無線電問。

「仲隊長，有什麼東西從我船下游過去，都磕到船了。」漁船中的人年紀不大，約是二十多歲。他有點嚇到了。

「你是哪艘船，叫什麼名字？」仲文成問。

「我駕駛一條木船，就在隊伍前邊。」年輕人急忙答道：「我叫段征。」

段征這個人，仲文成有印象。他是最早簽字答應上岸的漁民，經常樂呵呵的，說拿到安置費後，就拖家帶口去沿海打工。打魚的苦，不希望再讓自己的下一代吃到。

沒想到，一貪心還是駕著船，跟大夥跑來發橫財。

但橫財哪有那麼好發的。幸運和災厄通常都是一體兩面，誰都不清楚，好死不死會碰到啥。

「仲隊長，仲哥。你們捕撈隊不是有帶槍嗎，快來救我。」段征的聲音在發抖。

「不要急。你知道什麼在你船下嗎？」仲文成問。

「不知道，但是那東西很大。它一直在水下頂我的木船，船在搖晃，都快翻了。」

段征的聲音裡甚至帶上了哭腔。霧氣干擾著無線電信號，就算隔得不遠，聽到的聲音也很嘈雜。

但確實，段征的船正在發出咯嘰咯嘰的搖晃聲。

仲文成皺了皺眉。

長江裡沒有什麼大生物，江豚算大的了，可一來牠不傷人，二來也早被人類捕撈成瀕臨滅絕。但是能讓段征嚇成這樣的，難不成是上游漂下來的木頭啥的，被霧氣一遮掩，就像是大型水生生物了？

就在他這麼想的時候，段征突然發出一陣慘叫。遠遠望去，只有一半還浮在水面的木船，突然從中間斷裂成兩截。段征搖晃了幾下後，撲通掉入水中。

「快救人！」仲文成一聲令下，隊員們馬上駕著船往前開。

他一邊靠近一邊吼道：「木船旁邊的船，趕緊去救段征。」

但段征的船毫無徵兆的破裂後，哪怕在他附近，近在咫尺的捕撈船，也沒有一艘動。頂多有幾個人扔下救生圈。

救生圈落入霧中，聽到了落水聲。可總是不見段征抓住救生圈游上來。

長江邊上討魚的，哪個水性不好。這附近的水流並不算急，但是段征掉進水裡後，就再也沒了響動。

怪，太怪了！

「你們怎麼都不去救人！」仲文成罵道：「是腦子有問題嗎？」

「仲隊長，你不要過來。水下有東西。」終於，一艘船的無線電信號傳來。是個老漁民的聲音，還算冷靜：「我們船下似乎都有東西。我們到底在哪兒，這裡真的是巫峽嗎？」

仲文成靠近了漁船的隊伍，突然，他的額頭上冒出了冷汗。因為剛剛，船的下方傳來了一陣怪異的碰撞聲。執法船像是碰到了水面下的什麼東西。

不，不對。是水下，有什麼東西，故意撞擊船！

該死。這巫峽的水深並不算很深，不應該有什麼大型魚類的。但是自己的執法船卻被撞擊了，這是怎麼回事！

一船人，都感到後背發麻，一股涼意從腳底猛地竄了上來。

「把聲納打開，看看船下有什麼。」仲文成喝道。

幾個小隊員嚇得不輕，手忙腳亂的打開了聲納。霧氣瀰漫的長江水下，本應該碧波蕩漾。但現在卻變得漆黑，聲納的螢幕上，綠色的扇形波紋不斷掃過江水。

「沒東西啊，我們撞到什麼了？」其中一個隊員疑惑道。

陡然，執法船又被重重撞了一下。撞擊發生的瞬間，仲文成終於看到了撞船的東西。那是一條長長的，像是蛇一樣的生物。

仲文成倒吸一口氣，完全不敢相信自己的眼睛。長江裡有水蛇，可長的也不過兩三公尺。但是執法船下的水蛇，非常大，大到令人難以置信。螢幕上，長長的蛇尾巴掃過，足足有十幾公尺。

這蛇，怕是比幾個成年人的腰桿加起來還要粗，難怪撞得動執法船。

「什麼怪蛇！」隊員揉了揉眼。極長的怪蛇游過後，只是尾巴又掃了執法船一下，執法船便發出了難聽的撞擊聲。

「這怪蛇好堅硬啊，皮恐怕比鐵還硬。」另一個隊員小聲嘀咕了一下。

如此怪的情況，所有人這輩子都沒遇到過。仲文成的額頭不斷冒冷汗，難怪段征落水後，只是慘號一聲就再沒聲響。想來已經被江水中的怪蛇給吃了。

這蛇，他奶奶的到底是從哪裡冒出來的？和巫峽分叉有關嗎？好好的巫峽，怎麼就突然出現了一條從來沒有發現過的水道？

仲文成百思不得其解，他跟自己的隊員以及漁民一樣，都怕得要死。

呼吸間，又是一陣慘號。另一個漁民的木造漁船也被怪蛇掀翻，人掉下去只濺起水花，撲騰幾下。一張大嘴探出就將漁民咬成兩截。

「啊，快逃。有怪物。」終於，開著一艘現代鐵皮船的漁民實在是怕得受不了，他瘋瘋癲癲的駕駛漁船，朝來路衝去。

漁船的馬達發出尖銳的嘶吼，掀起浪花。巨大的聲響吸引了水下怪蛇的注意，追著漁船游過去。

江面上翻騰起一陣白色水線，怪蛇半沉半浮，白色的鰭狀物體切開水面濃霧，顯露出來。

仲文成抓起無線電，對著漁船一陣吼：「不要逃，小心，那隻怪物朝你的方向衝去了。」

那漁民嚇得慌了手腳，他不斷加大馬力，漁船的馬達已經被他催到極限。漁船猶如脫韁野馬，開得飛快。

但是怪魚的速度更快。

魚鰭衝到漁船上，突然一陣刺破耳膜的嘶吼聲傳來，這叫聲像是龍，又像是馬。震顫在江面上，回音不絕。

「不好。」仲文成瞪目結舌。

只見逃跑的漁船後方，一條粗壯的蛇尾捲上來，從霧氣裡高高探入空中。接著蛇尾巴用力拍打下去，那鐵皮的漁船竟被蛇尾拍成了兩截。

漁船在江水中解體，漁民掉下水，高呼救命。怪魚大嘴一探，將他囫圇吞棗，一口吃了下去。

江面上重新恢復寂靜無聲。

所有人都沉默了，一動也不敢動，任由怪蛇在江水中游弋。怪蛇並沒有走遠，連續吞下幾個人後，它甚至遠遠沒有吃飽的跡象。不斷繞著停泊在原地的船，彷彿在殘忍的玩著捕獵遊戲。

作為萬物之靈的人類，這次絕望的變成被捕獵的對象。

「媽的，老子到底招誰惹誰了。明明今天不該我值班，我好心幫人代班的。」執法船上的小隊員，才二十多歲，他一拳頭砸在駕駛座上。最後捂著臉哭起來：「我才結婚兩年，娃娃才滿月。老子不想死，不能死啊。我死了家裡妻兒老母怎麼辦。混蛋！」

「閉嘴，冷靜一點。」仲文成喝道。

他何嘗不是有家人，但越是糟糕的狀況，作為隊長，越要保持冷靜。當兵那幾年，可不是白訓練的。

仲文成想了想，抓過無線電。

現在無線電沒辦法遠端通訊呼叫救援，彷彿被什麼遮蔽了訊號。衛星電話也無法使用。他們孤零零的，十幾艘船，在這條莫名其妙彷彿突然冒出來的巫峽分叉中，求救暫時是別想了。

而且，巫峽位於主要河道，也是熱門的旅遊景點。如果任由這隻凶獸逃走傷人，他的良心也過不去。

必須要殺了這隻凶獸。

「喂，我是仲文成。大家都冷靜些，聽我說。」仲文成開啟公共模式，讓所有船都能聽到自己的話：「有誰知道，水下的怪蛇，到底是什麼東西嗎？」

一陣沉默後，之前那個老漁民突然道：「或許是一種叫巴蛇的怪物。」

「巴蛇？」仲文成一愣，他還真沒聽過。

老漁民的聲音又傳了過來：「巴蛇，又叫修蛇。咱們古代的一本書，叫《山海經》啥的，上邊就有記載。聽我爺爺說，巴蛇是一種巨大的蛇，它有黑色的身體，頭是青色，以大象為食，相傳巴蛇被后羿一箭射死，巴蛇的身體斷成兩截，化為山陵，就是現在的巴陵和巫山。」

「啊，我聽過這個傳說。」另一個漁民也記了起來：「但巴蛇不是傳說中的生物嗎，而且已經死了。再說，巴蛇可不會這麼小。」

老漁民道：「沒錯，在神話中，巴蛇確實已經被殺死了。可我們三峽不是有個傳說嗎？巴蛇的老窩就在巫峽，它本來能夠和后羿拚個你死我活，但為了保護自己的子嗣才被射殺。後來，它窩裡的卵孵化後，孵出了許多小巴蛇。

小巴蛇不斷和巫峽中的水蛇雜交，最後越變越小，越來越弱。我們當初老一輩叫的巴蛇，都是它們的後裔。頭青，身體黝黑堅硬如鋼鐵，身長六丈約二十公尺，嗜食人。這些描述，不是和水下的怪物，一模一樣嗎？」

老漁民的話，引起眾多漁民回憶起小時候聽來的故事。

「這東西極有可能就是巴蛇。」漁民們紛紛應和。

「就算它是巴蛇，我們該怎麼殺掉它？」仲文成戳中了重點。

接近二十公尺長的蛇怪，還游弋在水下。如果他們逃的話，又會游過來將船活活掀翻。遠古傳說中的恐怖凶蛇，明明已經泯滅在歷史的長河裡。今天竟然出現了，給眾人帶來死亡的惡夢。

眾漁民沉默了。

在他們沉默中，巴蛇又餓了。它游過去一尾巴掀翻了一艘就近的漁船，將船上的人吃了。

「不能再等下去，我們分頭逃吧。」其中一個漁民提議：「所有船一起逃，巴蛇只有一條，只能追一艘船。犧牲一艘船，其他船就能活命。大家生死有命，各安天命，看運氣。」

「不行。那條蛇游得太快了。而且好幾公里寬的河道，我們不一定有命能逃到岸上。」老漁民一口否決。

以巴蛇的速度，能逃出去的有三分之一就算是謝天謝地了。

「我們船上都有捕撈工具，那畜生再可怕，也只是一隻畜生而已。我們有智慧，用工具能弄死它。」老漁民經驗豐富，又道：「仲隊長，你下令，讓所有漁船一起下漁網。我們把漁網布成九盤漁網陣，媽的，這些斷子絕孫網，不要說大魚，就算是小魚都跑不了。

只要那條龜孫子凶蛇被網住，天王老子也逃不掉。到時候，我們就下魚鉤，殺了它！」

09

瀰漫死氣的巫山雲和雨

九盤漁網陣，是長江三峽中打魚人特有的捕魚布陣方法，流傳了數千年。

老漁民的一番話，讓眾多漁民全都湧起了希望。沒錯，那凶獸再可怕，也不過只有一條，畜生罷了，沒有智慧。

但人類作為萬物之靈，會利用工具。如果真能布下九盤漁網陣，那條所謂的巴蛇凶獸，很有機會，會被他們抓住殺掉。

作為禁捕隊長，仲文成猶豫了片刻。水下的凶蛇神秘無比，雖然沒在國家保護名單上，但這可是屬於失落的物種，很有研究價值。

九盤漁網陣，進入陣中的生物，就沒有能活著撈出水的。畢竟會用上這種漁網陣的水下生物，普遍都對人類有威脅。有威脅的生物，死的可比活的要好。

該怎麼做？

猶豫間，又一艘漁船被凶蛇拍碎，沉入江中。漁民悽慘的號叫著，被巴蛇吃掉。

「奶奶個熊，幹。」仲文成一咬牙，現在都生死危機了，哪管得到什麼珍稀物種。不把巴蛇弄死，他們所有人都活不了。

「大爺，我聽你指揮。你只管發話就是了，叫我做什麼，我就配合做什麼。但有個條件。」仲文成用對講機和老漁民說話：「那隻巴蛇的屍體，必須讓我帶回漁業局。」

眾多漁民商量了一下，都同意了。生死一線間，他們沒有太多猶豫的時間。

老漁民連忙用無線電開始調配所有漁民的動向。

十多艘船開始緩緩移動起來，在盡量不驚擾到巴蛇的情況下，以怪異的動作，拉開距離。

「好，10113號漁船到位了，不要動了。11453號漁船，再朝東邊前進二十公尺。慢慢來，不然凶蛇會替你開個洞，讓你游泳。」還好，老漁民是少數掌握著九盤漁網陣的老者。這漁網大陣，千百年來都是用來捕撈成群江豚的。

可近年來江豚都快絕種了，再加上現代化工具的衝擊，類似的漁網陣，失傳的失傳，遺落的遺落。

老漁民據說是漁網大陣的非物質遺產傳承人。

但水面上的動靜，還是被巴蛇察覺了。它在水下的一雙惡毒猩黃眸子，一眨不眨的盯著水面上的船。

就在 11453 號漁船快要到位置時，巴蛇尖細的蛇尾巴動了，閃電一般，直直的從水中刺入漁船的船身。

大量的江水，湧入漁船。

漁船的船老大驚呼一聲：「糟糕，我的船進水了。」

「快跳船。」眾人一陣亂糟糟的叫喊。

船老大哪裡敢跳入水中，還好附近有另一艘船距離他只有三公尺遠。他毅然一縱身，不帶猶豫的就直接跳了過去。

說時遲那時快，船身後邊一條尾巴高高的揚起，一壓，就將半沉的漁船給拍得粉碎。巴蛇在水下沒見到落水的吃食，頓時憤怒的吼了一聲，游弋著尋找別的受害者。

剩下的船老大嚇得流了一背的冷汗。

這巴蛇太可怕了，拍斷木船也就罷了。木船本來就不結實。可剛剛的漁船，是鐵皮做的。凶蛇比想像中更加聰明，它先弄破鐵皮，讓船進水，然後在水的張力作用下，將鐵皮撕裂。這樣再將鐵皮船拍爛，簡直不費吹灰之力。

「快，巴老，你快一點。」漁民們紛紛催促老漁民。

老漁民滿腦門子的汗水，他的壓力很大。但是這隻巴蛇的狡猾程度，遠遠超出了所有人的想像力。

凶蛇彷彿知道他們想要幹啥，每每漁船就要形成合圍之勢時，就會有一條船被拍碎。船上的人可沒有剛剛的船老大那麼好運，全都落入凶蛇的肚子裡。

「巴老，這樣沒辦法弄啊。」漁民們心驚膽顫不知所措。漁網陣，根本就沒機會布下去。

仲文成咬牙切齒的道：「我的執法船最先進，馬力也最大最結實。我開船去把那畜生引開，你們趁機布置漁網陣。」

漁民們沒開口，顯然是默許了。

現在的形勢不等人，仲文成的辦法，也是他們能活命的唯一機會。

禁捕隊長走到船艙，看到兩個新來的小夥子嚇得雙腿都在發抖。他強笑了一下，用力拍拍小夥子們的肩膀。

「放心，我一定會平安的將你們帶回去。」仲文成哈哈大笑著，發動了引擎。

禁捕船發出一陣淒厲的轟鳴聲，攪起水波，筆直的朝遠處衝去。巴蛇聽到引擎的聲音，以為仲文成的船想要逃跑，也一甩尾巴，追了上去。

「媽的，快快快。」仲文成一手掌舵，一手瘋狂的加快油門。

禁捕船在嘶啞的聲音裡，快得要飛起。冷清的水域，只剩下這艘船的響聲。

巴蛇追了上來，它快如閃電。接近的同時，尾巴高高翹起，那黝黑的尾巴在白霧上空探出，就要朝禁捕船的尾部壓下去。

仲文成猛地一打方向舵，禁捕船甩了個漂亮的弧線，險之又險的在水面急轉彎，好不容易才躲過這一劫。

凶獸長達五、六公尺的碩大尾巴打在了水面上，水花四濺。

巴蛇怒吼一聲，再次追過來。

船因為全速前進，幾乎要崩潰解體。引擎發出的轟鳴聲也夾雜著奇怪的響。兩個小隊員臉色煞白，而仲文成沒有任何表情，他所有的注意力都放在手中的方向舵上。

「隊長，快躲開。」右邊的小隊員驚呼一聲，他看到凶蛇又一次揚起尾巴朝船攻擊。

仲文成面不改色，再次甩尾躲避。

偌大的執法船在他精湛的操縱下，硬生生變成一艘快艇。

巴蛇憤怒的吼叫不斷傳出，就近在咫尺。

「漁網陣好了沒？」仲文成拿起對講機。

船已經快到極限，再這樣下去真的要解體了。

「快了，再堅持兩分鐘。」老漁民回答。

「兩分鐘！」仲文成額頭不斷滴汗，整個人彷彿浸在汗水中似的。

巴蛇步步緊逼，在水下小動作不斷。一會想要用尖銳的尾巴將船的引擎刺破，一會又捲曲起身體，將執法船圍住。

但每次，仲文成都在千鈞一髮時躲開了。

「還有三十秒。」他在心中數數。

「哄嗚！」巴蛇高鳴一聲，身形向前一射，竟然竄到了執法船前。

「不好！」仲文成大駭，他拚命的打舵盤。最後擦著巴蛇的身體，好不容易才躲過。船身在巴蛇堅硬鱗甲的摩擦下，發出吱吱的響，彷彿整艘船都要破裂了。

「漁網陣已經布好，仲隊長，你快開船過來。朝東邊三十度角打舵，二十節的速度，不要多也不要少。」老漁民的聲音終於傳過來。

九盤漁網陣已經布好，就等凶蛇入網了。

仲文成冷汗直冒，他絲毫都不敢久待，操縱執法船朝漁船群駛去。現在他還有一項重要的任務，便是把凶蛇引進去。

巴蛇一直跟著他的船，兇狠的眸子潛伏在霧氣中，盯著執法船上的三人。

小隊員們被那雙眸子盯得毛骨悚然，緊張的捏緊了手。

二十節的速度並不慢，但巴蛇更快，就在他們要進入漁網陣時，一陣天搖地轉，整艘船都在搖晃。

「抓好扶手，我們被撞了。」仲文成喝道。

兩個小隊員搖晃得快吐出來，還好，這艘執法船是剛配漁業局的，品質精良。只發出一陣悽慘的呻吟，並沒有破損的跡象。

仲文成的心臟狂跳，他盡量穩住舵。很快，第二次撞擊又來了。巴蛇的鱗片不斷摩擦過船身，險些將仲文成的執法船撞離航道。

「狗日的，穩住，老子穩得住。」仲文成嘴裡默默唸叨著，花了接近三分鐘，才把船駛入老漁民吩咐的位置。

巴蛇也進來了。

老漁民大喝一聲：「拉網。」

十多艘船，每艘都布下了一百公尺多長的拖網。那些拖網在布下時貼著長江的水底，在絞盤的作用下，開始迅速上升。

「就是這個時候，仲隊長，你開船快走。半分鐘內必須開出去，不然你也走不了了。」漁網上升的速度很快，老漁民趕緊道。

仲文成哪裡不清楚，一旦漁網上升到一定的高度，就會把槳葉纏住。到時候他的船也別想走得了。所以他一聲不吭的提高引擎的轉速，想要竄出去。

水下的巴蛇也感覺到一絲不對勁，水底開始渾濁，彷彿有什麼東西像是天羅地網般朝它兜過來。

執法船開得飛快，巴蛇想要追過去，陡然間，好幾張漁網從下邊升起將它的尾巴纏住了。凶蛇怒吼一聲，不斷的掙扎。

可是柔能克剛，縱然它渾身鱗甲堅硬無比，可一旦被漁網纏住，越是掙扎漁網纏得也就越兇。根本就無法掙脫。

巴蛇的怒吼聲一聲超過一聲，它在水中瘋了似的翻轉，攪動得一大片水域水花四濺，大量的江水掀起波浪，劈頭蓋臉的朝附近的漁船打去。

眾多漁船在波濤中搖晃不定。

「捆住那凶蛇了。」幾個漁民大喜。

老漁民鐵青著臉，眼睛一眨不眨的盯著水面。

水面的霧氣還沒有散，但是在江水的攪動中，已經變得很薄了。大量的水湧出，在巴蛇發瘋的地方，甚至還形成了一道漩渦。

「再收緊，現在高興還太早。」老漁民指揮道。

「好咧。」眾人再次加快絞盤的速度。

就在許多人以為大局將定時，巴蛇的一條尾巴突然探出水面，朝一艘漁船打過去。船老大駭得心臟都快蹦了出來，連忙打舵躲避。

但是漁船連著漁網，哪裡躲得掉。

巴蛇活活將那艘船給拉過去，拍個粉碎。船老大落水後，被憤怒的巴蛇撕成碎片。水面頓時染紅了一大片。

「遭了，這凶獸的力量太大，」老漁民額頭滴著冷汗，他錯判了巴蛇的力量。巴蛇掙扎間，十多艘船都因為捆在它身上的漁網而搖晃，有幾條船更因為搖晃的角度太大，就快要翻覆了。

「這樣下去不行。」老漁民咬牙道：「得有船進漁網陣裡，開船把那凶蛇撞暈。」巴蛇被纏住，腦袋就在水面下不深的地方。現在唯一的辦法，就是駕駛漁船，用船頭撞擊巴蛇的頭顱。所有漁船的船頭都是鋼筋加強過，只要速度夠快，巴蛇的頭就算再硬，也碰不過鋼鐵。

但沒有漁民願意進去，這根本就是送死的行為。不說進了漁網陣後，船肯定廢了。一旦巴蛇沒有暈過去，絕對會將那艘失去動力的船拍碎。

仲文成參過軍，他沉默了一下：「我來。」

「小王，小李，你們去別的漁船。」他吩咐道：「駕駛這艘船，我一個人就夠了。」

「隊長。」兩個小隊員剛要說什麼。

仲文成就打斷了他們：「你們還年輕，有很好的前途。嘰歪話少說，我這又不是去送死。」

他強行將兩個小隊員攆下執法船，用發抖的手，摸出一根菸，點燃，深深抽了幾口。說不怕，龜兒子才不怕。

但他怕了的話，所有人就會死。怕你個錘子，一隻畜生而已。

執法船是所有船中，最結實的。老子撞死那隻龜兒子。

戒菸很久的他，把香菸叼在嘴中，美滋滋的抽著。他手裡抓著方向舵，執法船劃過一道弧線，甩尾調頭一氣呵成。

才從漁網陣中衝出來的執法船，又再次衝入漁網陣中。這次，帶著悲愴的氣息，帶著一往無前的氣勢。

「男人活到四十歲，老子還是有一腔熱血。看誰還敢說老子就是個唯唯諾諾，向社會低頭的中年人了。」仲文成將執法船開得飛快，執法船吃水不深，但仍舊被升上來的漁網纏住。

他索性將油門催到底。

被漁網纏住的螺旋槳發出難聽的破裂聲，大量的漁網被一圈一圈的攪起來。螺旋槳變成了更加強大的絞盤，將漁網拉得緊繃。

漁網上升得更加的高，十多條船都猛地搖晃了一下。

許多漁民驚訝得合不攏嘴，因為他們看到了驚人的一幕。漁網被繃直後，一顆巨大的蛇頭探出水面。蛇頭被漁網纏著，烏青色的腦袋，猩紅的眸子，嘴裡的紅色信子不斷吞吐。

這就是巴蛇？

好恐怖。

巴蛇怒吼著，毒辣的眸子一眨不眨的盯著筆直朝自己撞過來的執法船。只聽到轟隆一聲巨響，執法船重重撞擊在巴蛇的腦袋上。

十多艘漁船一陣地動山搖，所有人都拚命的抓緊了扶手。撞擊的位置波浪滔天水霧瀰漫，根本看不清楚發生了什麼事。

水霧消散後，一條巨大的蛇，翻著黑色的肚皮，不知道死了還是暈了，浮在水面上，被漁網纏住了一圈又一圈。龐大的蛇頭，嘴角流著大量鮮血。

而執法船也翻了，船頭撞擊處出現了個大豁口，江水不斷朝豁口裡湧入。眼看執法船就要沉了。

「仲隊長呢，快找找他。」漁民們大喜。那該死的凶獸，終於被他們搞定。眾人一陣手忙腳亂，好不容易才在附近的一片水域，看到因撞擊而飛出執法船，暈過去的仲文成。

仲文成被就近抬上老漁民的船。老漁民掐了掐他的人中，他打了個激靈後，頓時清醒過來。

「那隻畜生呢？」醒來第一句話，仲文成就擔心的問。

老漁民扶手哈哈大笑：「仲隊長，那隻凶獸應該是死了。它眸子裡全是血。哈哈，到時候我一定集合我們所有漁民，去你們單位送你錦旗，感謝你救了我們。」

「沒必要，應該做的。」仲文成撓了撓頭，這中年漢子有點怪不好意思。

他的兩個小隊員也從其他船過來，興奮的一把將他抱住：「仲隊長，你是我一輩子的榜樣啊。剛剛你持劍天涯，一往無前的氣勢，實在是太帥了。」

「夠了夠了，瞎說什麼大實話。」仲文成拍拍兩個小傢伙的肩膀，對老漁民說：「大叔，就麻煩你送我們回去。趕緊的，今天的事情我急著回去寫報告。」

今天的事太詭異了，不知道上頭會不會相信。

自古巫峽一條道，現在竟然出現了兩條。另一條肯定有問題，那凶蛇，絕對是從另一條巫峽的分道口裡游出來的。

媽蛋，想想要寫的報告，他這個糙漢子就有點頭痛。

就在這時，正在大家興奮的想要回家時，一個漁民驚叫了一聲：「不對勁，喂喂，聽得到嗎。水下不對勁，你們趕緊都打開聲納。」

老漁民愣了愣，仲文成也愣了愣，他們連忙把聲納打開。一看，所有人的臉色都變得煞白，眼中只剩下絕望。

奶奶的，他們看到什麼？

看到多絕望的一幕？

只見聲納螢幕中，一大片一大片的陰影從遠處向著漁民們的船游了過來。看那模樣，和他們剛剛殺掉的巴蛇一模一樣。

但這一次來的，不是一隻，而是數百隻之多。

完了，一切都完了，一隻殺起來都那麼費力，更不用說上百隻了。就算是堅定如仲文成，心底也浮上無力感。

「逃！」他一咬牙，抓過老漁民的方向舵，發動引擎。漁船像瘋了似的，如離弦之箭般的衝了出去。

同一時間，所有人都發動漁船，朝各個方向四散開。

生死各安天命，現在顧不得別人了。誰能活下去，誰會死掉，在這一刻，已經不重要。趁巴蛇群還在後方追趕，每個人都在拚命掙扎，希望掙扎出一線生機。

就在仲文成他們駕船瘋逃時，不遠處的水面上，浮起幾顆腦袋。

其中一個人，正是夜諾。

「我乖乖的，沒想到偌大金沙大王廟裡，竟然什麼都沒有。只有無窮的機關而已。」夜諾吐出一口江水，在長江上浮沉。

他身旁，是游得起勁兒的慕婉，一隻手抓著不斷掙扎的白卉，另一隻手撈了兩具女屍。正是嘉實遊輪上被扔下水，又吃了白卉血肉變成的黑白毛色的殭屍。

這兩具活屍的額頭上各貼了一道符，一動不動，像是兩截木頭。

而劉十三也在不遠處。

他呸的吐了口水：「老子也沒想到，巫人生生世世想要找到的金沙大王廟中，所有東西都被搬空了。」

又或者，那個廟裡，原本就沒有任何東西。

奶奶的，鬼知道他們經歷了什麼。

跟著北巫偷偷溜到金沙大王廟中後，廟裡居然空無一物，最中央只有一口大棺材。北巫圍著大棺材做了一場宏大的法事，打開棺材後，連棺材裡都空空蕩蕩的，什麼也沒有。

夜諾想要蹚渾水撈一筆好處的想法，徹底沒搞頭了。

一無所獲的北巫倒是異常鎮定，很快就離開了。

他們離開後，夜諾和劉十三才躡手躡腳的來到棺材前。令人驚訝的是，棺材內部刻著許多夜諾看不懂的東西。

這應該是某種巫文。

夜諾偷偷的瞅著劉十三，這劉十三只是極為鬱悶和失望，就沒別的表情。看起來，劉十三同樣沒看懂棺材中的巫文代表什麼意思。

他們趕緊離開金沙大王廟，出來沒多久，就發生了驚人的事。

地上一地的屍體，密密麻麻，殘肢腸子落了一地。甚至有幾顆腦袋，飛到了幾十公尺高的洞頂。

這是怎麼回事？這些人是怎麼死的？

夜諾走過去，檢查了屍體，又是一驚。這些，全是北巫的人。算算數量，只有頭領逃脫了。

轉念一想，夜諾頓時驚出一身冷汗。百密終究有疏，他們的行蹤，其實最終還是被北巫發現了。

看起來離開的北巫並沒有走遠，甚至察覺到有人尾隨進了神廟，正躲在神廟外準備伏擊。

螳螂捕蟬黃雀在後，不知為何，北巫的伏擊不但沒有成功，反遭到另一股力量攻擊。

攻擊他們的，不像是人類。因為人類殺人，不會這麼蠻橫完全沒有技巧，那些人，更像是活活被什麼東西撕扯成碎片。

就在夜諾和劉十三警戒時，突然聽到一陣地動山搖。不知道北巫臨死前幹了些什麼，整座廟都開始崩塌，連帶著巨大無比的山洞也開始塌陷。

夜諾只好帶著慕婉，抓著白卉等人，一路拚命的逃，就在山洞徹底塌掉的瞬間，從高處跳入了長江。

好不容易撿回一條命。

但冒著生命危險卻一無所獲的感覺，非常不好。夜諾有些猜測，但他沒有說，劉十三同樣也閉口不談。

三個人兩具屍體，在長江上游了一會。突然看到不遠處有許多漁船發瘋似的朝前方逆水而上，速度快得彷彿有什麼東西在追趕。

不，確實是有東西在追趕漁船。

「哇，阿諾，水裡有東西。」慕婉驚呼一聲。

只見漁船群的後邊，好幾條長長的尾巴從水中探出，然後以迅雷不及掩耳之勢壓下，將幾艘漁船拍成碎片。漁船上的人落水後絕望的尖叫，之後一張血盆大口探出，將落水的人一口吞下。

那些怪物，居然是蛇的模樣。長江上，哪有那麼巨大的蛇，看尾巴判斷，至少也長達二十公尺。

夜諾心臟狂跳了幾下。

「這些，恐怕是傳說中的巴蛇？」劉十三瞇了瞇眼：「沒想到隨著真正的巫峽解除封印，出現在人世間。那些一併封印了上千年的水中怪物，也回到了人間。」

「阿諾，那些漁民都快被吃光了。」慕婉著急的道。

「先上船，然後去救人。」夜諾用視線一掃。

當頭一艘老漁船在疾馳，這艘漁船通體發黑，雖然不算大，但是顯然改裝過。它的速度飛快，逃起來相當老到。船老大應該是個長江上行水的老經驗。

「上那艘船。」那條船的軌跡，肯定會經過夜諾三人附近。

說話間，又有幾艘漁船被凶蛇擊沉。人類的船在巨大的巴蛇眼中，就像是行走的冰箱，脆弱無比，但裡邊全都是美味。

巴蛇與世隔絕數千年，喜食人肉的它們享受著饕餮盛宴。很快，江面上剩下的數十條船就要被殺戮一空了。

當先的那艘老漁船上，老漁民和仲文成以及兩個年輕隊員們毛骨悚然的盯著後方。船一條一條沉下去，落水的漁民都死了，只剩下水面的一灘紅。這視覺衝擊力極強，也讓他們承受著極大的心理壓力。

每個人都隨時會死掉，甚至連他們幾人，或許也沒辦法活著逃出這怪地方。仲文成心裡充滿了絕望，眼看著後方的巴蛇，再過一會就會衝到他們這艘船的下方。就快要，輪到他們死了。

就在這時，突然疾馳的船體一震，彷彿有什麼東西從水裡跳上甲板。其中一個小隊員嚇得心慌，顫抖的說：「隊長，好像有東西跳上咱們的船。」

那動靜仲文成哪裡沒聽到，他強自鎮定：「凶蛇那麼大，如果跳上我們的船，船早就碎了。跳上我們船的，肯定是比較小的生物。你們在這裡繼續開船，我到甲板上看看。」

說著，仲文成掏出配發的手槍。

作為漁業的執法者，其實在執行特殊的任務時，會配發一支手槍。畢竟長江兩岸蠻荒多，窮山惡水，有的人很狠。而且勸人上岸莫打魚，相當於是斷了人的生路。

有人心一橫，不知道會幹出什麼事。

所以最近幾年時有摩擦，甚至還死了幾個執法隊員。於是執法時，仲文成這一類當過兵的執法隊長，都會配發手槍充充門面。子彈只有六發，每次回去都要報備檢查，絕對不能輕易動用。

仲文成心裡實在是太感激這次自己帶了槍，他抓著手槍，打開保險，躡手躡腳的朝甲板走去。

本來他以為跳上來的會是另一種凶獸，可等到真看清楚甲板上的情況時，他整個人都愣住了。

奶奶的，什麼情況？

甲板上，莫名其妙的出現了一個老人、一個年輕男子，以及四個年輕的女孩子。老人正和年輕男子說著什麼。

而那四個女孩。不，不對，只有兩個活著的女孩。

本來看到活人，正鬆一口氣，想要走出去問情況的仲文成猛地停住腳步。有點不太對勁，這些人，都不太對勁。

漁船速度接近三十多節，就快要四十節了。這速度快得難以想像，不要說老人和年輕人了，就算是飛鳥，想要落到船上，都不是件容易的事。

可這幾個人就做到了，不光做到了，而且還帶著兩具額頭上貼著怪異的鬼畫符一般的東西的女屍？

這特麼到底是怎麼回事？

仲文成的腦子轉不過來，他猶豫著到底該不該出去。今天的巫峽實在是太詭異了，詭異到無論做哪一種選擇，都讓仲文成有種步步驚心的恐懼。

事出反常，這幾個人，到底是什麼來歷？他們，到底是不是人？

剛跳上來的兩個女人，其中一個其貌不揚的，嘴裡污言穢語罵來罵去。另一個清純漂亮，只是笑著，接著抬頭，朝自己的位置看了一眼。

仲文成連忙將自己的身體縮了縮，心想，難不成被她發現了？不應該啊，他在部隊曾經是偵察兵，潛伏可是自己拿手的技能。

漂亮的少女輕輕一笑，扯了扯青年男子的衣服，說道：「阿諾，船上有個人一直盯著我們。」

夜諾也看向仲文成躲著的地方，一招手：「兄弟，我們不小心遇到船難，碰巧看到你們的船經過。借貴船行一段路，不知道會不會打擾。」

仲文成知道自己確實暴露了，一陣苦笑。這些人都很古怪，但既然說話了，而且還挺有禮貌的，那麼證明確實是人。只要是人，就好弄了。

他大大方方的走出來。

「你好，我叫仲文成。這條水道的禁捕隊隊長。」仲文成將槍揹到身後，伸出一隻手。他經驗老到，看起來這群人裡邊，那個年輕男子像是隊伍的頭頭。

「你好，我叫夜諾。」夜諾也伸出手，和仲文成用力握了握，並簡單的介紹了自己一行人。

仲文成有點佩服，這個叫夜諾的語速很快，三言兩語就解釋了他們為什麼會上船。但有用的資訊，一丁點都沒有透露出來。

「夜兄弟，你們來得真不是時候。」仲文成苦笑一陣：「我們船後有凶獸在追殺，你們上了船，怕是也下不去了。」

劉十三瞥了一眼水面：「這些巴蛇確實有些棘手。」

仲文成心裡一驚，劉十三一臉淡然，而且一開口就叫出了凶蛇的名字。看起來，好像有點深不可測。

「我們可以救你們的船，但希望你們帶我們去巫山一趟。」夜諾客氣的說。

仲文成撓撓頭，心裡猛地一跳。

這些人說起害死了一大群漁民的巴蛇雲淡風輕的，並不看在眼中，難道他們有辦法逃過巴蛇的禍害？不對啊，他們全都是老弱婦孺，唯一有點戰鬥力的夜諾，也高高瘦瘦，不像是能打的模樣。

「這艘船不是我的，我可作不了主。」仲文成又是一陣苦笑。

「無妨，帶我們去船老大那兒。」夜諾說著，就讓仲文成帶路。

上了船就是一條船上的蚱蜢了，仲文成手裡有槍，心裡就有底。他帶著夜諾這行怪人，來到駕駛室。

駕駛室內，老漁民正滿頭大汗的駕著船躲避背後越來越瘋狂的巴蛇群。那些巴蛇幾乎已經將所有的漁船屠盡，就剩下他們腳下這一艘，還倖存著。

但幸運，就快要耗盡。

「拉油門，快，我要左滿舵了。抓住扶手！」老漁民指揮著兩個年輕的禁捕隊隊員。

滿船艙的焦慮壓抑和絕望。

船後，一個個碩大的鰭狀物半隱半露在江面上。最近的一隻巴蛇，就快要來到漁船的船底。

「打擾一下，我們有事想要跟你商量商量。」夜諾走到抓著船舵的老漁民身後。

老漁民毛焦火辣的急得很，看也沒看，張口罵道：「你奶奶的仙人板板，老子在開船逃命，你瞎跟我說個啥。」

「就你這船的速度，逃不掉的。再開下去船就要被你弄壞了。」夜諾道：「後邊追來的巴蛇，我們會處理。你先把船停下來。」

「處理，你們怎麼處理？」老漁民怒道，轉頭白了夜諾一眼：「老子停下來，所有人都得死。」

就在老漁民轉身的一瞬間，他突然整個人都愣了。

怪了，這些人是從哪裡來的，自己的漁船上明明沒這行人啊。還有，那個年輕人背後的老者，穿著的黑色衣裳好眼熟。

陡然，老漁民瞪大了眼，船也顧不得開了。撲通一聲對著劉十三就跪了下去：

「巫、巫大人！」

10 寂靜的巫山

古有巴山夜雨，其實和巴山夜雨、巫山霧同樣出名的，還有長江沿岸的巫人。巫人的地位很高，而且老一輩的村民，都對巫人特有的黑色魚皮衣，非常熟悉。巫人的衣服，是用魚皮製作的，領口的花紋，代表了巫人的等級。

雖然老漁民們看不懂，但巫人的身分，非常有辨識性。在絕望時，老漁民猛地看到自己的船上出現了一個巫人，頓時像是抓到了救命的稻草。

年輕人或許已經忘記巫人的威嚴和神秘莫測的手段，但老漁民清楚得很。他小時候生過一場怪病，到處求醫都治不好，最後剩下一口氣時，家人將他抬到一百公里外的一位巫大人家門口。

巫大人抓了幾張奇怪的符咒，放在大碗公中焚燒，將燒成的灰讓他一口喝了。說也怪，就是這符灰，硬是把他救活了。

「巫大人，快救我們。」老漁民一邊磕頭一邊求救。

劉十三扶了他一把：「起來吧，繼續開船。」

「是，是，是。」老漁民眼中有光，只要有巫大人，自己就有救了。他再次握著船舵，往前行駛。

劉十三看向船後邊，皺了皺眉頭：「這些巴蛇實在是太多了，有點麻煩啊。」

他的魚皮符剩下不多，而且巫人靠的是精湛神秘的巫術，對純肉搏這種傻事，那是敬而遠之的。

可是巴蛇就是體型龐大一身蠻力，數量也不少。劉十三感覺有些棘手。況且，他就算把魚皮符用光，也殺不完這些巴蛇。

說著，他的視線瞟向了夜諾：「夜兄弟，你有什麼辦法沒有？」

夜諾瞥向了慕婉：「小婉，靠你了。」

純蠻力的事情，還是要靠頭腦簡單一天到晚樂呵呵的慕婉才行。她身體現在由百變軟泥構成，全身都能變成兇器，簡直就是移動的肢解兵器。巴蛇再大，也只是蛇而已，絕對傷不了她。

慕婉聽到夜諾吩咐自己，笑顏如花，用力的點點小腦袋：「嗯啦，阿夜交給我吧。我去把那些壞壞的大蛇全打跑。」

說著還秀了秀自己沒有肌肉的肱二頭肌。

仲文成感覺自己的三觀都要爆裂了，怎麼回事，這一大群人，竟然理所當然的叫一個不到十二歲的未成年小女孩去殺水下的巴蛇？

那可是巴蛇啊，上百條巴蛇啊。要知道只一隻，都弄得他們幾十條船焦頭爛額，犧牲了好多人的性命，才弄死它。

而長江水下，藏著多少巴蛇，鬼知道。

「喂，你們不是吧？讓一個小女孩送死？」仲文成連忙阻止。

慕婉輕笑，笑容清純的讓人精神一振：「大叔，人家可是很厲害的，真的喔。」她說完這句話，又抓著白卉，搖了搖：「喂，白卉，讓你的兩隻寶寶跟我一起去殺怪物吧。」

白卉瞪了她一眼：「不要，憑什麼？我為什麼要聽你的？」

女瘋子的靈魂三問連發，然後聲音戛然而止。慕婉只是看著單純的像個十二歲的少女而已，她又不是真的傻。

「你不同意的話，我就把你扔進長江裡喔。」少女笑咪咪的，那純潔的眼神，盯得神經有問題的白卉都有點發寒。

白卉心裡明白，這個少女是認真的。雖然接觸不多，但對夜諾的吩咐，慕婉會以百分之兩百的高要求度完成。

這年頭，就連神經病也怕狠人。

白卉臉色一陣白，認命的撇撇嘴：「行行行，叫你那啥，把我寶寶額頭上的符扯下來。」

「不要耍花樣喔，不然我會把你和你的兩隻寶寶的腦袋，一起扯下來餵蛇。」慕婉揉了揉小拳頭。

白卉憤憤的點頭。

夜諾一陣感慨，自己怎麼以前就從來沒有發現過慕婉也這麼能唬人呢？

兩隻殭屍額頭上的符被他扯下來後，繼續愣愣的站著。但周身一股強橫的屍氣迸發而出，讓船艙中所有普通人都嚇得牙齒打顫。

「殭，殭屍。這世上真的有殭屍啊！」其中一個小隊員嚇得直接癱倒在地。老漁民活得久了，還算有點見識。他強自壓下內心的恐懼，喝道：「不要放開油門。」

船後巴蛇追趕不止，一分一秒都不能浪費。

「我去去就回來。」矮小的慕婉嘻嘻笑著，抱了抱夜諾後，走出船艙撲通一聲跳下水，緊接著兩隻殭屍也跳了下去。

難以置信的一幕發生了，沒多久，長江水中就湧出大量鮮血。無數凶蛇的殘肢漂浮在水面上，而且越來越多。

不過幾分鐘，就死了大量的巴蛇。

無論是仲文成還是老漁民等人，簡直不敢相信自己的眼睛。那麼兇殘的巴蛇，怎麼在那個女孩的手裡，柔弱得彷彿只是一條條的小蛇罷了，伸手就能捏死。

屠殺在繼續。

巴蛇如何殺死人類，慕婉就以更快更殘忍的速度，報復回去。

那些兇猛的巴蛇被殺得怕了，撲騰撲騰的不斷跳出水面，往相反方向游。不多時，水面就恢復了平靜。

「殺、殺光了，怎麼可能！」一個小隊員瞠目結舌，好半天都緩不過來。這些凶蛇，真的是剛剛殺得他們絕望不已，疲於奔命的怪物嗎？

殷紅的血，染得長江一片紅，極目遠望，那片紅色的血跡不斷的朝外蔓延。

「得救了。」仲文成深吸一口氣，絕命求生的虛弱，讓他整個身體都靠在船壁上。

本以為塵埃落定的所有人放下高懸的心，突然，夜諾雙眼猛地睜開，一股極為不祥的預感湧了上來。

「不對勁。」他猛地說。

不知何時，江面上浮起一股臭味，那臭味很濃，死魚死蝦的味道讓人喘不過氣。

「不好。我的寶寶死了，兩隻都死了！」白卉渾身一震，失聲尖叫道。

只見殷紅的江面上，兩隻活屍浮出水面。竟然雙手雙腳都被什麼東西用巨大的力量扯斷，就連腦袋也沒了。

兩具無頭的殭屍，徹底變成了真正的屍體。

「怎麼可能。這兩具殭屍的毛都快要變成黑毛了，實力不弱，到底水底下有什麼。竟然活活把它們撕碎。」夜諾急道：「小婉怎麼還沒浮上來。」

慕婉自從沉入水底殺戮了大部分的巴蛇後，直到現在，也沒有從水中冒出頭。她彷彿失蹤了似的，找不到蹤跡。

而且最不對勁的是，巴蛇死得太快了。

慕婉的實力夜諾清楚，她就算能殺死巴蛇，也不會殺得這麼輕鬆這麼快。水下一定有啥，不光殺死巴蛇，還殺死了兩隻殭屍。甚至她，也有危險。

夜諾臉色變了幾變，一個閃身，就從船上跳了下去。

那股跟蹤他許多天的死魚爛蝦的氣味，讓他心底發寒，渾身不舒服。到底是什麼，在追趕著他？

夜諾急著要去救慕婉，也順便看看，跟蹤了他那麼久的東西，到底是啥！

那東西，就在這片水域裡。

撲通一聲落水後，江水迅速沒過自己的眼。夜諾還穿著潛水服，戴著潛水眼鏡。江水下一片紅，巴蛇的血液充斥滿視線所及之處，黏稠得像是岩漿。

除了流水，就是一片死寂的靜。

夜諾努力的感覺著從周圍的江水裡傳遞過來的任何波動。明明潛水眼鏡將江水和他的嗅覺割裂開，但不知為何，一入水中，夜諾鼻子裡那神經質般的死魚爛蝦的氣息，更加的濃烈。

「那東西就在這！」夜諾冷不丁打了個寒顫。

終於，他察覺到從水下深處傳來的一陣水波激流，像是有什麼在那個方向激烈的打鬥著。

夜諾衝到水面深吸一口氣，然後一個猛子扎了下去。

潛到水下十公尺處時，巴蛇的血終於不再阻礙視線。夜諾猶如從紅色的世界猛地來到一處清澈之地，極目遠望，他終於看到了慕婉沒有游上來的原因。

這小妮子正在水底和什麼東西戰成一團。

夜諾簡直不敢相信自己的眼睛。小小的慕婉驅使著百變軟泥，呈戰鬥狀態。她身上長滿突刺，雙手變成劍，寒光熠熠。

劍光凌厲，所過之處熱氣翻騰，江水都要在這急速的揮動中蒸發了。慕婉的長髮在水中亂舞，哪怕聽不到動靜，也能感受到她的急迫。

而和慕婉戰鬥的人，是一個女子。纖細的腰肢，長髮及腰，穿著白色的連衣裙在水中移動。她赤足赤手，纖細細手竟然能阻擋住慕婉的劍刃。

女子背對著夜諾，但那窈窕的背影卻令夜諾十分熟悉。

猛地看到夜諾潛下水中，小小的慕婉頓時急了，用嘴型道：「阿諾，快逃！」

「逃？」夜諾哪裡會逃，小慕婉現在落了下風。那女子的身形不太對，動作非常僵硬，看起來不像是正常人。

甚至，夜諾無法感覺到女子活人的氣息。

不對，那一路跟隨的死魚死蝦的味道，正是從那白衣女孩身上瀰漫出來的。

「逃，快點逃。阿諾，這娘們是衝著你來的。」慕婉急得快瘋了，手上用力，加快了攻擊速度。

但背對著夜諾的女子，卻也察覺到夜諾的存在。她輕輕的用白皙的赤手，一把抓住慕婉的劍刃。

然後將慕婉扔得遠遠的。

她回了頭。

看到了那女子面容的瞬間，夜諾心臟猛跳了幾下，瞳孔睜大。心裡只有一個念頭，這，怎麼可能。

他實在是太意外了，意外到全身僵硬，一動也不能動。

因為那女子，赫然是他尋找了許久的慕婉。

真正的慕婉。

慕婉的屍體。

這具屍體已經入煞，屍變了，但渾身仍舊是柔美靚麗，並沒有像其他女孩的屍體那樣長出黑毛或者白毛。

但慕婉屍體的眸子泛白，裡邊冒著怪異的光。

那屍體翻白的雙眼一看到夜諾，就再也沒有移開。白色身影一閃，就朝夜諾衝了過來。

白色連衣裙在水中漂動，屍體的嘶吼聲，死魚爛蝦的氣息越發靠近。

「滾開！」小慕婉怒喝著，拚命朝自己屍變的身體衝刺，想要將它砸開。

但那具屍體只是一揮手，就再一次將慕婉遠遠扔開。

屍體很快就來到夜諾身旁，帶著致命的恐怖氣息，夜諾根本就沒有還手之力。

屍體身上的煞氣極為可怕，可怕到令人窒息。

夜諾躲無可躲，眼巴巴看著那熟悉的容顏，近在咫尺。

本以為會被屍體攻擊，但那張絕麗的臉，在靠近他的一瞬間，就停了下來。他倆雙目相對，眼睛與眼睛的距離，不過三公分。

一人一屍都沒有動。

夜諾屏住呼吸，慕婉那烏黑的長髮曼妙的在水中漂，纏進了夜諾的髮絲中。瀑布似的頭髮將兩人的頭蓋住，形成了一個密閉空間。

空間中，只有他們大眼瞪小眼。

成年的慕婉哪怕只是一具屍體，也美得那麼淒涼。她就那麼靜悄悄的，並沒有傷害夜諾。好似只想待在他身旁，哪怕一秒鐘也好。

「放開阿諾！」慕婉的魂魄，操控著百變軟泥，如狂風般襲來。

屍體再次一拳揮出，把小慕婉擊飛。

夜諾搞不懂慕婉的屍體到底是什麼意思，或者說，沒有魂的屍體，究竟還有沒有意識。這具屍體夜諾早就想找到了，可這次以出人意料的方式出現在他眼前，說實話，他有點懵。

難怪那股死魚爛蝦味一路跟隨，那是因為，慕婉的屍身從來就沒有離遠過，一直追著夜諾，從長江裡爬出來，從春城追到重城。

慕婉的屍身看了夜諾許久許久，然後一張嘴，露出兩根尖銳的獠牙。

「阿諾，小心！」慕婉游回來，雙手雙腳都拽著自己的屍體，想將她拉開。

夜諾終於清醒了，他猛退了幾步：「好機會，小婉你抓牢你自己，我把它封印住。」

不管這具屍身為什麼會跟蹤自己，夜諾顧不了那麼多。心心念念的屍身就在眼前，他肯定要把她拿下。然後再運回暗物博物館，使用秘法將慕婉的魂魄打進屍體，這樣她存在人世的時間，就會延長很多。

到時候，再尋找讓慕婉復活的方法。

他在水中抽出一張黃紙，咬破中指，就著血開始畫符。

慕婉的屍身一直都安安靜靜的，就那麼看著他。

就在符咒快要成型的瞬間，突然，屍身彷彿察覺到什麼，瘋了般的掙脫慕婉，深深看了夜諾一眼後，猛地朝遠處游去。

轉眼間，就只剩下了一縷倩影。

小慕婉和夜諾面面相覷，這什麼情況，怎麼她的屍身莫名其妙就逃走了？夜諾下意識的舉目四望，周圍並沒有危險啊。

可那具屍身，明顯在忌憚什麼東西。

眼看追不上，夜諾嘆了口氣，指指上方，用唇語道：「游上去吧。」

「嗯。」慕婉的神色陰晴不定。

兩人浮上水面，船停在不遠處，正在等他們。上船後，面對劉十三的詢問，夜諾什麼都沒有講。

船筆直朝著巫峽，開始前進。

坐在船艙裡，夜諾鐵青著臉，一言不發，只是看著不斷劃過的江水發呆。慕婉挨著他坐著，想說話，又有些不敢。

她能察覺到夜諾的怒意，怒到極致的怒意。

對，夜諾很憤怒，當真的看到慕婉的屍身後，那怒火無處發洩，只能憋在心裡，燒在心坎。

慕婉死得很慘，並不是簡簡單單的被人扔下水。

她屍身的脖子上有割斷後又縫合的痕跡，而且四肢的皮膚上，都刻著無數的咒文。那些咒文絕對是長江上特有的巫文，因為文字體系，和金沙大王廟內的文字一模一樣。

他恨不得將殺死以及傷害了慕婉的人，通通手刃，為慕婉報仇。

北巫，哼，北巫。

夜諾用力捏著拳頭。慕婉小心翼翼的想要說話：「阿諾。」

「唉。」他卻長嘆一口氣，伸手，摸在慕婉的小腦袋上。

慕婉眯著眼，小貓似的晃了晃小腦袋：「阿諾，你好像不開心。」

「對不起。」夜諾認真的看著她：「對不起。」

「為什麼要說對不起？」慕婉不解。

「我沒有保護好你。」

「嗯啦，夢阿姨明明是鍛鍊我來保護你的。她說媳婦保護老公，是夜家的傳統……」慕婉開開心心的用理所當然的語氣說著比吃軟飯還勁爆的話。

「但是，我現在其實也不弱了。」夜諾道。

慕婉打斷他：「就算阿諾你強到一手能拍碎地球，到時候，我一定也會保護你的。」

「喂，你這句話的邏輯不能自洽啊。」夜諾腦袋上冒出一根黑線。

慕婉經常性天然呆外加神經大條，但是在誰保護誰的問題上，她從來都是絲毫不讓。

她總是會保護他的，哪怕現在只剩下一絲殘魂。

「可是，我真的很佩服我自己。」慕婉輕輕靠在夜諾的肩膀上。

「又怎麼了？」夜諾愣了愣，這句沒頭沒尾的話，是從哪種邏輯中推理出來的？

「你想想啊，我死了之後，就只剩下一絲魂，能找到你。」慕婉掰著小指頭：「而我的屍身，也憑著本能，硬是從長江中走出來，走到春城找到了你。你不是一直能聞到死魚死蝦的味道在跟蹤你嗎，那就是我的屍身，在一路保護著你啊。」

「這件事，我是剛剛才想明白的。」

「我真笨，就算我只剩下身體，也絕對不會傷害阿諾你的。」

夜諾想了想最近發生的事情，頓時恍然大悟。

不錯，最近幾天他其實遭遇好幾次非常危急的情況，但是每次，都化險為夷。最近的一次，就是北巫在金沙神廟外的伏擊，如果真的中了伏擊，他和劉十三一行人，肯定有死無生。

想來是慕婉的屍身，將所有北巫全部撕碎，救了他們。

慕婉，終究還是又一次保護了他。哪怕，她只是一具屍體。

「阿諾，我愛你，已經愛成了一種本能。剛剛我的屍身也沒傷害你，反而只是看著你，就光是看著你，沒有思考的我的屍體，也能很幸福。嗚嗚，我自己都感動我自己了。」慕婉捂著臉。

她的感情很濃烈，一點都沒有不好意思，反倒夜諾有些羞。他的鋼鐵直男屬性，本就不善於表達感情。

只是很愧疚。

「阿諾，現在我們該幹什麼？繼續去追我的屍身嗎？」慕婉抬頭問。

「對。」夜諾點頭。

「那我們為什麼還在船上？要跟著劉十三那老頭去巫山？」少女又問。

「因為那老頭，一丁點實話都沒有說。」夜諾撇撇嘴：「他隱瞞的事情太多了，而且巫人的事情，只有巫人才知道。去巫山後，我有些事情需要調查清楚。」

夜諾有個猜測，巫峽中隱藏起來的金沙大王廟，並不是真正的廟，而是一座偽廟。但北巫為什麼想盡辦法，利用長江十三令和陰人的命，解除巫峽的封印，進什麼都沒有的偽廟中呢？

或許，正是為了打開偽廟中的那口棺材。

棺材裡刻著的巫文，極有可能就是金沙大王真正神廟的所在位置。

去巫山，搞清楚南巫和北巫之間的恩怨。敵人的敵人，就是朋友。夜諾急需要北巫的所有詳細資料。

這次，夜諾準備將殘忍殺害慕婉的北巫，一個不留，全部殺光。

船在往前行，老漁民在這片陌生的水域越走越遠。

「格老子，我行船一輩子，都沒有走過這片水路。不是去巫山嗎？」老漁民在劉十三的指揮下，將船轉入一條彎道中。

這條彎道很隱密，就算熟悉附近路線的人，也不一定能找得到。因為水道入口，被人施了遮眼的巫術。

「不對啊，巫大人，我們不是要去巫山嗎？巫山那地方我熟悉，這不是去巫山的路啊。」又行了一段後，老漁民詫異道。

水道在入口的地方很狹窄，只容得了一艘不大的船勉強通過。但越往前走，越是寬敞。至於老漁民熟悉的巫山，卻一個參考對照物他都沒看到。

所謂巫山，以前本來是作為地理名詞，歷史上曾出現在國內的各地。而現在主要指橫貫北湖省、重城省，以及南湖省交界一帶，東北至西南走向的連綿群峰。

老漁民知道的巫山主峰，是重城奉節縣境內的烏雲頂，海拔兩千四百公尺，是國內地勢二、三級階梯的分界線，北與大巴山相連，南面深入武陵山地，東為長江中下游平原，西為巴蜀盆地。

最主要的是，那座稱為巫山的山，就在巫山縣境內。

可劉十三要老漁民走的水道卻背道而馳，朝巫山縣相反的方向行駛。

老漁民不懂，也不好過問。

仲文成和他的兩個隊員，老早在進入隱密水道前，就被放下船了。這個禁捕隊隊長雖然撿回一條命，但今天遇到那麼多匪夷所思的事，還有那麼多人死亡。向上級的報告如何寫，令他頭痛。

劉十三站在駕駛室，一雙招子賊亮。看著熟悉的風景，他老懷欣慰，巫山，是他從小生活學藝的地方。

學藝成功後，就下山了，極少回來。不知恩師是否還在巫山頂上，將最近的事稟告大巫後，他一定要拉著師父好好的敘敘舊。

一路沉默中，船行了一天一夜。終於水道走到盡頭。兩岸全都是高聳的陌生山脈，這些山脈，沒人引路根本就找不到。

水道的終點是一處陡峭的岩壁，水到這裡終止，形成一個寬達一公里多的碧綠水潭。

「巫大人，到終點了，咱們沒辦法再前進了。」老漁民弱弱的道。

「無妨。」劉十三擺擺手，口裡唸誦巫文。

不多時，對面崖壁上白光一閃，竟出現一個偌大的洞穴。一灣碧水彎彎曲曲的落入這洞穴中，洞穴曲徑清幽，蜿蜒著看不到對面，不知道有多少深淺。

夜諾在船艙中看了一眼，心裡了然。真正的巫山，只要穿過這洞穴，應該就算是到了。

船老大極為震驚，這巫大人的手段，果然厲害。也不知道這洞穴前用了什麼障眼法，普通人就算誤入這裡，怕是也找不到路。以前老祖宗曾說過，現在的巫山不是巫山，而真正的巫山，還隱藏在巴蜀的深山峻嶺當中，猿聲啼不住，另窺曲徑有幽冥。

老祖宗的話，總是真的。

老漁民駕著船，駛入洞穴。在這高高的洞穴中行船不久後，又是峰迴路轉，鑽山而出，來到另一口深邃的水潭中。

水潭正中央，就是一尊巨大的雕像。那雕像是道龐然巨人，高達一百多公尺，巨人背上鎖著十三根粗壯的青銅鎖鏈，右手抓著一隻黑色惡龍，左手拿著一口巨劍。它的身前，用石雕刻著一道巨大的瀑布。

瀑布前無數的蛇精魚怪，席捲滔天巨浪，朝巨人壓下來。

看到這雕像，還在開船的老漁民撲通一聲跪倒在地，尊尊敬敬的禱告起來。這尊像竟然是長江兩岸數萬里水域共同的信仰——金沙大王。

無論北巫還是劉十三所在的南巫，他們的巫術根基，都同樣是來自這一尊神佛般的存在。

金沙大王的雕像威嚴奪目，似乎無所不能，讓人一看就心生崇拜之情。

劉十三看著雕像也拜了拜，突然，他嘴裡大喊：「不好！」

事情不太對，明明在這水潭中央的雕像旁，向來都有巫人站崗。可今天，卻一個人也沒有。

「快開船，往前開。」一股不祥的預感，湧上劉十三的心口。

老漁民開著船，加快速度往前行駛。行駛了大約二十幾分鐘，劉十三不祥的預感，越發的強烈了。

今天的巫山，處處都透著不對勁。巫山住的人不多，但也有數千人，那是巫人和他們的家眷。通常這一處深潭船來船往，好不熱鬧。

可現在，除了自己這艘船外，就沒有看到其他船隻。而且也沒有小巫來盤查自己這艘陌生的漁船。

難不成，巫山出現了大變故？

水潭的盡頭有一座青石堆砌的碼頭，古色古香，不知道存在了幾千年。碼頭上的船處處都是遭焚毀的痕跡，許多船都半截沉入水中，而被人砸爛的船更是數不清。

「糟糕，巫山被襲擊了。」劉十三終於明白了：「我師父呢？大巫們呢？會不會還在巫山中，他們將襲擊者擊退了沒有？」

還沒等船停穩，劉十三就一個飛竄，遠遠跳起來，落在碼頭上。他瘋了般的向山道上跑。

夜諾和慕婉對視一眼，道：「跟上去，看看究竟發生了什麼。」

慕婉跟著他，而白卉就留在船上發呆。她兩個寶寶都被殺了，現在也沒啥攻擊手段。老漁民待在駕駛室抽著旱菸，有一搭沒一搭的吐著煙圈。

夜諾兩人速度絲毫不慢，緊追著劉十三。

巫山只有一條道，道路很陡峭，青石板鋪就的台階一路向視線所及的山頂延伸。在半山腰和山頂附近，能夠看到一棟棟的古舊建築物。

那些建築物有些年頭了，亭台樓閣，池館水榭，映在蒼勁高挑的青松翠柏之中。岩壁兩邊，有許許多多的名人法帖。細細一看，夜諾驚訝的發現，竟然還有大量的唐宋詩人，例如杜甫、白居易、蘇軾等。

他們都在石壁上寫詩、題詞，驚嘆著真正的巫山之雄奇之壯美。

在蜿蜒的山路上前行了十幾分鐘，就來到巫山的半山腰。這裡的建築物，應該是給巫人的家眷居住的，本應全是人間煙火氣。

但現在，卻只剩下死氣沉沉。

劉十三停住腳步，推開一扇門，朝裡瞅了瞅，之後滿臉憤怒的又將門合攏。夜諾在關門的瞬間朝裡看了一眼。

滿地的屍體。

一家婦孺，全都死在屋子中。這些都是普通人，手無縛雞之力，更沒有抵抗能力。但卻死了，殺死他們的兇手非常狠辣殘忍，明明能夠一刀致命，卻如同在玩弄獵物，將婦孺千刀萬剮。

11
龍門開

「好殘忍。」慕婉捂著嘴驚呼。

每一扇門後都是一個人家，無一例外，所有人都被殺光。不是用巫術，而是用冷兵器。

屠殺的痕跡，一直從山腰蔓延到山頂。

夜諾三人衝到山頂。在山巒之上，有一個碩大的平台。平台上修建了連綿的古建築，這裡隨便一個建築，都能被文物局列為 5A 級的保護文物。

入門的地方一座五彩的牌樓，上書巫山兩個碩大蒼翠的字。寫字的人筆法豪邁，像是喝了酒，肆意揮墨寫就，一氣呵成，看得人心曠神怡。

夜諾知識面淵博，稍微一瞅就辨別出，這絕對是詩仙李白的文墨真跡。把這塊匾拆下來拿到香港拍賣行去拍賣，絕對老值錢了。

和詩仙李白的筆墨形成鮮明對比的是，門樓下屍橫片野，大量的殘肢屍塊遍布在下方。劉十三走過去檢查一番後，怒得眼珠子都充滿了血。

「這都是我南巫的人。」他恨得咬牙。

夾雜在南巫屍體堆中的，是穿著灰色魚皮衣的另一系巫人。

「果然是北巫襲擊了巫山。」劉十三咬得嘴上全都是鮮血淋漓。

「你們南巫北巫到底有什麼過節，居然能把巫山上的婦孺一個不留的都全屠了，這是多大的恨啊。」夜諾問。

「不是過節，只是在一千年前，我們兩個派系對金沙大王的信仰有了分歧。最後整個巫山都分裂了，造成長達百年的戰爭。最終南巫贏了，將所有北巫都趕出巫山頂。北巫據說流落到長江入海口，在上海和北湖一代開枝散葉逐漸壯大。」

劉十三稍微解釋了一句，又喊道：「不好，我師父！」

他身形幾個飛跳，朝建築物群落的東側奔去。小路上，遍地都是橫七豎八的屍體。各種巫術對轟的痕跡永遠的留在地面和牆上，南北巫術兩個派系各有分別。南巫的魚皮咒和屍蟲術，北巫的養屍術和蠱咒，混亂的屠戮著對方。不過很顯然，地上的屍體以北巫居多，可北巫的人數，卻又顯然遠遠的高於南巫。

夜諾粗略估算了一下，北巫大概來了接近四千人左右。而南巫大概才兩千多人。其實也不難想像，一切事物都與經濟掛鉤。被迫趕到長江入海口的北巫，坐落於國家經濟最繁茂的地方，錢多了，自然能吸引到更多的人才，轉化為更強大的勢力。

而坐落於古老河道長江中段的巫山，導致南巫普遍很窮，仍守著數千年的傳統生活。

這就是南巫會被屠殺的關鍵原因，窮和落後，就會挨打。

劉十三找到了師父的住處，可師父並不在。劉十三的師父即將臨門一腳就要成為大巫了，陡然被北巫攻擊，肯定是會坐鎮巫山頂中，那座最雄偉的大殿的。

於是劉十三一轉身，又朝大殿跑去。

大殿用鎏金寫著幾個大字——

金沙大王殿。

供奉的是金沙大王以及長江中各路神仙的雕像，例如二郎神等等。但最主要的香火，還是在中央的金沙大王上。

主殿偌大的大廳前，激戰的痕跡觸目驚心。

「大巫、中巫，全、全死了！」劉十三一腳踏入大殿，在那金碧輝煌的金沙大王雕像前，南巫所有的中堅力量，以及大巫們，全都橫死當場。

屍體亂七八糟的倒了一地，其中就有劉十三的師父。

師父的脖子被扯了下來，肢體也不全，身體早已經冷了。

夜諾倒吸一口氣，這裡戰鬥之激烈，簡直難以想像。這些倒下的大巫，實力全都是A級。而北巫雖然也有大巫死在這兒，但卻不多。

難道北巫的實力，真的遠遠超過了南巫？

不太對啊，實力並不是一蹴而就的，而是增長得很慢。人員要培養，勢力要增加，都需要漫長的時間。可眼前的實力對比，太懸殊了。

北巫比南巫，強大了那麼多。怎麼想，都覺得很古怪。

夜諾蹲下檢查了幾個南巫的屍體，這些實力強橫的大巫們，竟然是一擊致命，甚至都沒有反抗。殺死大巫的人，實力強得可怕。

那個人，遠超A級。是夜諾這麼久以來，看到的除穢師中最強大的。

不，又或者，殺死大巫們的，根本就不是人！

人掐住別人的脖子時，肯定會留下痕跡。可許多大巫的脖子都被掐斷了，卻沒有手指印。這不科學。

夜諾看得膽戰心驚，疑惑不已。

劉十三痛苦的癱在地上，完了，全完了，巫山南巫一系，被殺得片甲不留，剩下的恐怕只有自己這一類，散落在各個村落中，無關緊要的巫人罷了，再也不成氣候。

北巫贏了，徹徹底底的贏了。

夜諾觀察著周圍的景象，冷不丁說了一句：「喂，老頭。」

劉十三頭也沒抬，一聲不吭。

「老頭，你不覺得，北巫的行為很奇怪嗎？」夜諾自顧自的說。

劉十三終於抬頭了：「哪裡奇怪了？」

「按你的說法，北巫是被南巫趕出巫山的。一個被趕出去的遊子，殺回老家後，為什麼又迅速撤走，竟然沒有將這裡佔領？」夜諾撇撇嘴。

劉十三愣了愣，也感到不可思議。

對啊，北巫被趕走後，瘋了般的想要回到巫山。雖然南北兩個巫派理念有差，但終歸是一系，可這般屠盡南巫的行為，就像發了魔怔似的。

巫山發生的事，有許多違背常理的地方。

「北巫佔領巫山後，卻退走，就證明他們還有更加重要的事情要做。這一連串的事件，只是開了個頭而已。」夜諾捏著下巴分析：「老頭，你說過長江十三令中的其中幾枚就在巫山裡。假設北巫殺上巫山，就是為了搶奪十三令，解除巫峽的封印，進入金沙大王的偽廟。那麼這一切就很好解釋了，因為他們接下來要做的，應該是找到真正的金沙大王廟。」

劉十三渾身一抖。

夜諾盯著他：「老頭，事情都變成這樣了，你應該把你所有知道的東西，都告訴我了吧。再掖著藏著也沒意思。南巫一系都沒了，恐怕，你今後也會遭到北巫的追殺。」

劉十三對夜諾的精準推理很吃驚，他苦笑道：「沒錯，當初咱們去的金沙大王廟，確實是偽廟，棺材裡那些古巫文，記載的便是真正的金沙大王廟的位置。」

「棺材裡的巫文那麼多，不可能就只有這一點資訊吧。」夜諾追問。

劉十三猶豫了一下，這才接著道：「對。那些巫文，確實也提到了其他的東西。不過這就關係到，巫人為什麼會分為兩派。夜小兄弟，你知道南巫和北巫最大的分歧，以及分裂的導火線是什麼嗎？」

夜諾吐槽，老子怎麼可能知道。

不等夜諾說話，劉十三給了答案：「那就是對金沙大王的態度。

南巫是自然派，對金沙大王的虔誠敬仰很深，認為金沙大王這尊神靈，一定會生生世世保佑長江流域，讓長江流域風調雨順，不會洪水氾濫禍害兩岸的生靈。而巫人的種種術法，據說就是當初金沙大王消除長江水患後，順便傳給了一個叫做巫彭的人。

巫彭就是我們南北巫人最早供奉的祖巫。」

夜諾恍惚了一下，奶奶的，這個巫彭可不得了，他是個名人。根據史料記載，巫彭的巫姓源於姬姓，據說他是黃帝時期的宰相。因為他巫術高明，醫術精湛，同時也是黃帝的御醫。這個巫姓，也因為他的封地在長江流域，是黃帝賜予給他的。

沒想到，巫彭，就是巫人的祖先。更沒想到，巫彭的一身本事，竟然是金沙大王給予的。

這金沙大王難不成真的不是上古傳說，而是真實存在過？

「南巫尊敬金沙大王，但是北巫不同。北巫有野心，他們處心積慮，想要復活金沙大王。」

這句話，讓夜諾大吃一驚。

一個幾千年前神話傳說中的神，怎麼可能復活。哪怕金沙大王真的存在世間，可現在它都死幾千年了……

「怎樣，不相信吧？」劉十三怎麼會不明白夜諾的反應，當初他從師父嘴裡知道這些典故時，同樣也不相信。

金沙大王只是一個信仰而已，人類的信仰，怎麼會復活得了。

「但千年前，北巫的老巫偶然得到祖巫巫彭失落的手札，上邊記載了許許多多關於金沙大王的事蹟。金沙大王是真實存在的，他大部分的遺骨，被巫彭搜集起來，隆重的存放在特意修建的金沙大王廟中。

甚至手札裡還曾提及，為了免於金沙大王的遺骸被騷擾爭奪，巫彭還在巫峽修建了偽廟。但偽廟中，有一條關於金沙大王的線索。那就是如何，將金沙大王復活。」

夜諾聽得匪夷所思，就像是在聽神話故事。

北巫的執念太深了，竟然連鬼神都想要復活。金沙大王復活了，到底對他們有什麼好處？人的執念和信仰不同，沒有人會因為信仰，就花費大量的人力物力，跑去復活如來佛祖或者玉皇大帝。

但是執念不一樣，因為帶給人執念的，往往來自貪欲。

「難不成復活金沙大王，對巫人有極大的好處？」夜諾問。

劉十三冷哼了一聲：「北巫哪裡是想要復活金沙大王，他們分明是想要控制金沙大王那龐大無比，神力通天的身體，甚至從金沙大王那裡，得到更多強大的巫術。」

夜諾啞然，果然如此。俗話說無利不起早，以人性來想，那些北巫做的事情，很符合人類自我的貪念。

只有貪念，才會帶給人延續一百年，一千年堅持的動力。

突然，正在講故事的劉十三手一動，他衣袖中的魚骨劍滑出，閃電般朝金沙大王的雕像前飛出去。

「誰！」

只聽啪啦一聲響，一個黑影，從偌大的雕像下滑落下來，一屁股坐在地上，還兀自恐懼得全身發抖。

「小旗子！」劉十三看清楚了那黑影的模樣。

夜諾也轉頭望去，那居然是個少年人，大約十七、八歲，長相很精明。想來是北巫攻擊過來時，被人特意藏在金沙大王的雕像中，這才留下一條命。

「小旗子，巫山到底發生了什麼事，那些北巫，怎麼會突然衝進來，將咱們南巫屠殺個乾淨？」這也是劉十三最不解的地方。

南巫千年來都防著北巫，在北巫中的眼線也不少。而且巫山機關重重，巫術陣法數不勝數。可北巫偏偏毫髮無傷的就闖了進來。

叫小旗子的少年認清楚了劉十三的模樣，哇的一聲就哭起來，他嚇壞了：「劉師叔，嗚嗚，你回來了？嚇死我了，真的快嚇死我了。」

這小旗子是南巫新召進來的弟子，據說是南巫當代族長的遠親。夜諾和劉十三從他嘴裡斷斷續續聽到了巫山被攻陷的始末。

事情要從兩個多月前說起。有一天，南巫一直供奉著的長江十三令，突然全被偷走了。

族長震怒，開始排查。過了一個月，就聽長江上發生了「嘉實遊輪事件」，十三名少女同一時間跳江自殺的消息，傳入本來很封閉的巫山中。

南巫族長本能的察覺到一絲不祥的味道，他派人調查那十三名少女的生辰八字，竟然全都是陰人。

族長明白過來，絕對是北巫偷走了十三令，而且在暗中搞鬼想要解開巫峽的封印。讓真正的金沙大王廟，浮現於世間。

於是族長帶領南巫的中堅力量下了巫山，三天前，趁著巫山防守空虛，一大群北巫的人攻了上來。本來依靠布置在巫山的巫術陣法，北巫很難攻入。可南巫中，出現了大量的叛變巫人。

這些巫人無一例外，都曾去過沿海打工。或許在打工途中，就被北巫收買，變為北巫打入南巫中的間諜。

在這些內奸的助攻下，北巫一路殺上巫山，沿途見人就殺一個不留。而留下來的南巫誓死抵抗，好不容易才扛到南巫族長匆忙帶領精英趕回來。

但大勢已去了，北巫的實力，比南巫強大太多。

族長將小旗子藏在金沙大王雕像中，小旗子這才逃過了一劫。

他躲在雕像裡聽得並不真切，只聽到有許多大巫怒喝北巫，說他們勾結了什麼什麼人，大殿上打鬥聲不絕於耳，但很快就安靜下去。

北巫殺光大殿中所有人後，又衝入巫山的藏寶庫，之後就離開了。小旗子嚇破了膽，一直不敢出來，餓了三天三夜。直到剛剛聽見劉十三的聲音，覺得那聲音聽起來很熟悉，這才偷偷的向下溜。沒想到險些被劉十三一劍刺死。

劉十三聽完小旗子的話，沉默良久。

南巫人死光了，就連族長都死了。北巫的手段狠辣，他們到底勾結了誰？劉十三剛剛也檢查過族長的屍體。

族長實力強橫，可是死得卻很乾脆，甚至沒有過有效抵抗的痕跡，致命傷只有一處，說明是一擊致命。有人只憑一擊，就殺掉了族長。

在劉十三想來，簡直是不可思議。族長的巫術通天蓋地，精湛到了極點。就算是以除穢師的力量標準判定，也達到了A3 級別的頂峰。

就是如此實力強大的人，也抵不過那人的一拳。這完全顛覆了劉十三的三觀。北巫的底細，劉十三哪怕不清楚，也猜得出一二。他們這幾年人確實遠比南巫多，可人手再多，也無法壓著南巫打。

難不成，北巫真的勾結了別的勢力？

沒等劉十三多想，小旗子哆哆嗦嗦的從懷中掏出一封信：「劉師叔，這是族長讓我躲起來時，塞給我的一封信。他說北巫的目的，就在這封信中。」

劉十三接過去，一把將信撕開。

夜諾好奇的湊到他身旁瞅了瞅，鬱悶，竟然全是巫文寫的。

劉十三看了信後，額頭上的冷汗不停的往外滴：「格老子，不得了。」

「信上寫了什麼？」夜諾好奇的問，看他的臉色，信中似乎記載了驚天的秘密。

劉十三沒有隱瞞：「族長出巫山調查了北巫後，也調查到了一個可怕的事實。北巫想將金沙神廟從長江水底拉出水面，想在長江流域重現龍門。據說只要讓河中的精怪帶著金沙大王的遺骸跳過龍門，就能讓金沙大王復活。」

「現在，北巫的密謀已經到了最後一步。他們接觸巫峽的封印，並不僅僅只想要得到金沙大王廟真正的所在地，更是要再現龍門。」

「龍門？」夜諾想起江蜃的幻境中，那高達數百公尺的滔天瀑布。這東西真出現在長江上，那可不得了，不知道要引起多大的災難。

「沒錯，據族長的這封信中所說，一定要阻止北巫，否則將會生靈塗炭。因為金沙大王廟和龍門所在的位置，實在太可怕太特殊了，一旦龍門出現，長江上下游上億人，都會遭到滅頂之災。」

「這麼玄乎？」夜諾的腦袋有些懵，南巫的族長，會不會太誇張了。

劉十三見夜諾不信，從懷裡掏出地圖，在龍門將要出現的位置畫了一筆。

夜諾低頭一看，頓時瞪大了眼睛。

臥槽，不得了，這龍門要真的出現在了那個位置，長江沿岸上億人會生靈塗炭死傷無數，這肯定是真的。

因為那個位置，赫然聳立著一個長江上最雄偉的特殊建築群落。

五狹大壩！

五狹大壩，位於北湖省三斗坪鎮境內，是當今世界最大的水利發電工程，沒有之一。

大壩包括主體建築物及導流工程兩部分，全長約三千三百三十五公尺，壩頂高一百八十五公尺。猶如在長江上切了一刀，硬生生將長江一分為二。

神話傳說中的龍門，為什麼偏偏會在那兒？夜諾本來是想不通的，但是後邊就想通了。神話傳說從來都有事實的依據再加上古人合理以及不合理的想像和加工。

但是中間的事實部分，肯定是存在的。

既然現在已經確定龍門真實存在，那麼它在北巫的陰謀下，再次重現人間，而偏巧又出現在這舉世聞名的水利工程旁，又顯得不那麼蹊蹺了。

巧合，不，不單單只是巧合。

人類修建大壩之所以選址在三斗坪，就是因為這裡非常適合修建五狹大壩。修建大壩需要許許多多的基本條件，而三斗坪的那一處地方，完美的符合一切條件。很神奇對吧？據說當時調研選址的專家團隊，也對三斗坪的地勢驚奇不已，而且越隨著調研的深入，越是驚喜不斷。

這裡完全就是先天的，適合攔截長江水的所在。

專家們的驚嘆以及調查的結果毋庸置疑，因為畢竟幾千年前，這裡曾經有一道驚天的瀑布，高達數百公尺的瀑布。

瀑布同樣將長江一分為二，隔絕了長江上下游的交流。

那瀑布就是華夏文化中膾炙人口的神話傳說——龍門的所在。而至今三斗坪那地界，還流傳著許多關於龍門瀑布的傳說。

沒人知道，三斗坪已經不太平了。

這幾天的五狹大壩，有點怪。

作為五狹大壩的安全巡查隊長，徐燦陽就是這麼個感覺，他摳了摳腦殼，表情非常困惑。

大壩上游的來水，似乎越來越多了。五狹大壩的水位線，漲到了一百二十九公尺。這在最近幾年來都是沒有的事情，最怪的是，上游明明也沒有強降雨，天氣預報也沒有預警。

怎麼大壩的水位，就莫名其妙的越來越高了呢？那些多的水，到底是從哪流過來的？

這完全顛覆了徐燦陽的常識，他準備拿著水位線報告表，去找經理。

突然，一個小隊員急匆匆的跑過來，氣喘吁吁的對徐燦陽打報告：「徐隊，魚道好像出了問題。」

「魚道？」徐燦陽愣了愣：「魚道有什麼問題？」

因為五狹大壩把長江一分為二後，嚴重影響了從大江大河逆流而上產卵洄游的魚類去上游水草豐茂的地方繁衍。所以在大壩修建之初，就規劃了這條魚道。能夠讓魚游下去，又能游上來。

因為魚道不產生經濟效益，也沒啥好管理的，位於五狹大壩單獨的體系中，所以巡查隊每天只派一個人巡查。

今天巡查的人就是小李，二十來歲，正是最有幹勁的年紀。

「徐隊，你過去看看就知道了，我不好說。總之魚道太怪了。」小李搖搖頭，表情欲言又止。

徐燦陽尋思了一下，總之這裡離魚道也不遠，順路去看看倒是無礙。於是他跟著小李順著大壩朝魚道走過去。

走了接近二十多分鐘，等兩人真來到魚道旁時，徐燦陽頓時倒吸了口氣。臥槽，這何止不正常啊。難怪小李說不出個所以然來，因為有些事情，如果不是真的用眼睛看，是真的形容不了的。

這要從魚道的設計說起。

因為五狹大壩高達一百八十多公尺，魚類根本就無法衝上那麼高的地方。所以魚道設計成分段式，每段只有十來公尺高，洄游的魚只要順著水流跳上一個台階，就能進入一個巨大的水池中休養，積蓄力量後，再次往上跳。

這樣的水池，一共有二十多個。

但極目遠望，徐燦陽簡直不敢相信自己的眼睛。

偌大的魚道池中，視線能及的所有空間，都被密密麻麻的各種魚類塞得滿滿當當。無數魚類從魚道的最底端開始向上跳，不斷的跳，拚命的跳，完全不顧性命。彷彿都不要命了似的。

徐燦陽只是微微數了一下，就發現了數百種魚類。其中鰻鱺、刀魚、松魚、鱸魚，跟河豚等，這些洄游魚類就不說了，時常會在魚道裡看見。

可魚道中間，甚至出現幾十種根本就不會洄游的魚類。這些魚類也爭先恐後，急著一截一截的跳上魚池，根本不帶休息的。

途中有大量的魚，活活累死在魚池裡，白花花的肚子，浮在水面積了厚厚的一層。

徐燦陽在五狹大壩工作了接近十年，第一次碰到這麼怪的怪事情。

但更怪的，還在後邊。

長江水位不斷的增加，很快，就逼近五狹大壩二百二十億立方公尺的安全蓄水量。整個大壩的管理層，都被驚動了，紛紛打電話詢問氣象局以及調查各路水文資訊。

上游並沒有降雨，氣候很正常。

但五狹大壩的水量還在瘋狂增加著，半個多小時後，超過安全水位，水線升高到了一百三十六公尺，庫容三百億立方公尺。

所有人都感覺匪夷所思，管理層的冷汗把後背都打濕了，也找不到水位升高的原因。五狹大壩多餘的水來自哪裡，怎麼會有那麼多水，陸續從上游不斷的流下來。

實在是太難以理解了。

就在管理層焦頭爛額，甚至準備通報上級，要求軍隊趕過來，確保大壩的安全時，升到一百五十公尺的水位線，突然偃旗息鼓，慢慢的往下退。

管理室中，五狹大壩的總經理鬆了口氣，癱在椅子上，正準備拿起茶杯喝口茶壓壓驚。可老天爺似乎在跟他開玩笑，他的手下拿著一疊厚厚的資料衝了進來。

「經理，大事不好了。」手下的語氣焦灼，神情怕到了極點。

他彷彿被什麼嚇壞了。

「冷靜冷靜，你看你嚇成啥鬼樣子。」經理拍拍他的肩膀，心想有啥事，能跟剛才大壩水位突然增加相提並論。

手下根本來不及感動，就拿出手機打開一段直播影片，遞給經理。

經理疑惑的問：「上班時間，你看什麼影片。咦，這啥東西？」

只見手機螢幕上的影片，是在一個出名的社交影音軟體上直播的，手下將直播進度條盡量往前調了一些。拍攝者在飛機上，當時飛機正飛越長江上游，就快要到五狹大壩了。

民航飛機上許多人都在往下看萬里長江，以及人類歷史上最偉大的水利工程。

視頻中有人說道：「今天萬里無雲，而且飛機飛得也不高，正是觀察五狹大壩最好的時候。嗯，這是怎麼回事？」

拍影片的人驚呼了一聲。

影片中，長江猶如一條銀色的腰帶，蜿蜒的在陽光下反射著奪目的色彩。五狹大壩彷彿腰帶的釦子，橫跨整座長江，將長江水攔截住。

可突然，影片中長江的景象就變了。

長江上游，接近五狹大壩的一段目測長達上百公里的水域，突然莫名其妙的凸起。大量的水衝擊大壩，讓水位不斷提高。

緊接著沒過多久，那些水又退了。彷彿有一雙無形的大手按在長江上，把水硬生生的壓下去。

「快，調出現在的水位線。」總經理打了個冷顫，怒吼一聲。

水文資訊頓時出現在了他眼前的大螢幕上，果不其然，經歷了剛剛的水位暴漲後，現在的大壩水位，正離奇的下降，越降越低。

飛機上的人正在直播下方的景象。

只聽影片中，傳來一陣陣驚呼聲。長江水又再次在五狹大壩的不遠處隆起，而且越隆越高。

那隆起的所在，就正對著控制室。

全世界所有的目光，都在此刻驚訝的盯著五狹大壩。因為那裡出現了常人一輩子都沒有見過，難以理解的一幕。

五狹大壩的經理和所有工作人員，都愕然覺得，剛剛都還是陽光明媚的窗外，怎麼突然就暗淡下來。

他們下意識的抬頭，朝窗外看去。

只看一眼，所有人幾乎都快崩潰了。

只見一座瀑布，從長江底下，緩緩向上升，不斷向上升，一直升過了五狹大壩的最高點。無數水流，從瀑布頂端流洩。龐大的五狹大壩，現在猶如一隻小螞蟻，夾在瀑布和巨量洪水的夾縫中，僅堪堪保存著。

但水流拍下的聲音轟隆作響、震耳欲聾。整個五狹大壩都在不斷升高的瀑布前，搖搖欲墜，不知道還能堅持多久。

但瀑布，還在不斷的滋長增高。

當夜諾和劉十三趕到時，瀑布已經高達三百多公尺。巨量的江水，流入下游的洩洪道，沖入毫無準備的村莊，沖入洞庭湖。

如果再不阻止，將會造成好幾個省，數億人生靈塗炭。

而隨著瀑布一同從長江水底下升起來的，還有洪水中，中流砥柱的一座小島。

小島上聳立著一座金燦燦的廟宇，雖然浸泡在水中數千年，那座廟宇依然雄偉壯觀，讓人心生崇拜。

那就是，金沙大王廟。

真正的金沙大王廟。

12 龍門和神廟

夜諾和慕婉張大了嘴巴，一眨不眨的看著龍門瀑布驚人的出現。瀑布還在長高，似乎沒有停止的趨勢。哪怕隔了很遠，都能感到地面在隆隆作響。驚人的氣勢，令人震撼不已。

「這就是龍門，古代傳說中的龍門？」夜諾喃喃道。

劉十三則看了島中央的金沙大王廟一眼：「北巫的人現在一定已經進入金沙大王廟。他們謀劃千年，想要復活金沙大王。但這事情真要起來，可不容易。」

據劉十三從南巫族長的信中所知，必須要符合三個條件：

一是打開龍門瀑布和金沙大王廟。

二便是進入金沙大王廟中，得到祖巫收集到的所有金沙大王的骨頭。

三要尋找到一條適合的魚精，讓它帶著金沙大王的棺槨和屍骸跳過龍門。

夜諾聽了愕然不已，果然，這每一件事都不容易。北巫謀劃千年，現在已經讓神廟和龍門現世了。

而真正的金沙大王廟中，據說被祖巫布置了許許多多的機關，用來保護金沙大王的遺骸不受騷擾。

想要進到金沙大王廟深處，得到金沙大王的遺骸，怕也是不輕鬆。最難的是最後一步，跳龍門成功，對所有魚精魚怪，哪怕實力再強大，也是件不容易的事，更不說還要揹著一口巨大的棺材一起跳。

可是北巫花了那麼多的人力物力，肯定早就算好一切。他們為了一己私利，不顧上億人的生死存亡，心思實在是歹毒無比。

夜諾等人，只能拚死阻止他們。

劉十三掃了夜諾幾個兩眼，他們這些人都是些老弱婦孺。夜諾雖然古怪，但實力只是個 F4 罷了。慕婉這小丫頭雖然全身都是由百變軟泥構成，可她只會肉搏，對上稍微有些實力的中巫都佔不到便宜。

更不用說精神不正常的白卉了，這傢伙一心想找那個毀了她的一切的班長報仇。她認定那班長極有可能就是北巫的人，可劉十三覺得可能性不大。

因為她說她臀部上有一道符，但劉十三同樣看不到。這張符，十有八九並不是巫術。不過北巫勾結了其他勢力，說不定那個人，就在那勢力中。白卉的兩隻殭屍死後，就沒有啥攻擊手段了，只是個打不破的肉盾。

奶奶的，一行四人，簡直就是趕著去送死。要知道北巫中至少有三十幾個大巫，幾百個中巫。還有A3級的北巫族長，以及那個神秘，深不可測可以一拳打死南巫族長的勢力。

哎，怎麼看，贏面都不大。

「老頭，你不要想東想西的，有些事情，想多了短命。幹就是了。」夜諾拍拍劉十三的肩膀，問：「你發通告了沒有？」

「發了。」

「那就好，我們並不是一個人在戰鬥。」夜諾點頭。

這世上並不是只有除穢師組織，還有許許多多小一點的除穢派別，例如巫門就是其中之一。他們之間有互相聯絡的手段，在夜諾等人看破北巫的目的後，夜諾就讓劉十三傳信給了除穢師組織中最強大的龍組。

龍組自稱正義組織，相信不會對北巫的陰謀以及上億人生靈塗炭坐視不理。除穢師的精銳，想來正在趕來的途中。

夜諾等人，只需要爭取時間罷了。

「走。」他倒是灑脫，一揮手，帶著慕婉、劉十三、白卉幾人，朝島中央的金沙大王廟前進。

四人背對著夕陽，身影蒙上了一層悲壯。所有人都明白，搞不好，這一去就再也沒辦法回來了。

因為他們面對的敵人，強大得根本難以抵抗。隨便一個大巫，就能讓他們滅團。

但他們退無可退。

四人溜到小島上，正面看金沙大王廟，更加的雄偉壯觀。高達一百公尺的廟身，建築面積更多達幾萬平方公尺。

龍門離神廟大約有十公里遠，但龍門瀑布越來越大，怪的是，這小島就在龍門的下游，直接被江水衝擊，可偏偏中流砥柱般，神奇的把江水一分為二，沒有受到任何影響。

「上！」夜諾將小船停在小島的偏僻處，示意剩下三人跟他一起上島。

島上有許多北巫的人在巡邏，實力不算強，都是些小巫而已。夜諾利用蜃珠迷惑他們，劉十三恨透了北巫，一劍一個，通通殺光。

他們一直殺到金沙大王神廟的大門口。

真正的神廟，比偽廟更加偉岸。鎏金的大門，足足有三十公尺高，門已經被推開了一條縫。顯然北巫早已經進去了。

大門口還留下巫人作法，是召喚出龍門的巫陣。這巫陣中有大量的珍貴材料，就在夜諾的視線落在那些早已殘破的材料上時。

他突然一愣。

眼睛上戴著的看破，竟彈出一條信息。

──發現損壞的遺物，山河帶。

山河帶，這什麼鬼？為什麼北巫用來召喚龍門瀑布的巫陣內，會含有暗物博物館特有的遺物？

「解釋是什麼遺物，山河帶。」夜諾連忙操縱看破。

看破又刷出資料，所謂「山河帶」的資訊躍然眼中。這個山河帶可不得了，確實出自博物館。是一件高級遺物，和夜諾擁有的入門級遺物完全不同。

上古傳說中，曾經有一小兒，名叫哪吒，他就曾擁有過這條山河帶。只不過哪吒將其改了名。

如果提到它的另一個名字，想來大多數華夏人都清楚得很。

混天綾。

山河帶就是混天綾，它能翻江鬧海，混攪海洋則水翻，江河湖海劈濤破浪，放入九灣河裡揮舞甩動時，紅光萬道赤染水色，波及海底。

但前提是，使用者必須是博物館的管理員。

夜諾一陣恍惚，難不成，華夏神話傳說中赫赫有名的哪吒，也曾是暗物博物館的管理員之一？但他的隨身神器之一的混天綾，也就是江河帶，怎麼會落到巫人手中？

北巫人自然不是管理員，他們想要驅使山河帶，只能靠巫術將其毀壞，借山河帶毀壞的力量，將早已被封印的龍門，硬生生的再次升起。

難怪五狹大壩附近會出現那麼怪的事。

臥槽，暴殄天物啊。這麼厲害的遺物，竟然把它砸破了，只用來升起龍門。夜諾的心在滴血，這東西能給自己多好。論攻擊力，現在的他，和弱雞也沒太大區別。

他就欠強大的攻擊手段啊。

同時，夜諾心裡也有些慌，對暗物博物館的底細，他知道的不多。可是，或許這金沙大王神廟，也和博物館扯得上關係。

果不其然，進入了神廟後，夜諾看到四壁上各處雕刻的不是巫文，這些文字，他竟然看得懂。

特麼，居然是博物館特有的符號。

這些符號，看破自動識別為暗物質文，夜諾頓時大驚。

所有暗物質符號，都只有一個作用，那就是鎮壓。是誰將這些符號刻在神廟中？是巫人的祖先，巫彭嗎？

他為什麼會博物館的暗物質文？

神廟中，鎮壓的到底是什麼？金沙大王？

許多問號，在夜諾的腦中盤踞不散。隨著越來越深入，他的疑惑就越多。路上巫人不算多，靠著夜諾手裡的蜃珠，倒是有驚無險。

令夜諾欣喜的是，每一處致命機關，都有對應的暗物質文提示。沒人看得懂，除了他。

倒是為他省了不少的功夫。

而闖進來的北巫，卻只能靠人命來闖。

劉十三驚訝得很，這夜諾實在是太神了，簡直就像是先知般，帶著他們詭異的繞來繞去不說，硬是沒有觸發任何機關。原本進來時，他還焦頭爛額，怕自己一行人沒被北巫殺掉，卻被神廟中的機關搞死。

畢竟巫人千年來對神廟機關的描述，可是很可怕的。

但夜諾的行為，完全顛覆了他的世界觀。

北巫不惜人命，推進得很快。

而夜諾一行人的速度更快，可他越走越心驚，也更加確定，這座神廟肯定和博物館有關。至少建築它的人，見過暗物博物館。

神廟中好東西不少，全都是古董，隨便拿一件出去就老值錢了。但夜諾沒敢去拿。因為各種暗物質文標明了，每件珍貴的寶物旁，都布滿致命陷阱。

那些經受不住誘惑而跑過去偷的北巫人屍體，很好的說明了這一點。

「走這邊。」他們四人不斷前進，遇到岔路口，夜諾竟毫不猶豫的就能找到對的方向。

因為越是深入，夜諾就越熟悉。這裡的布局，實在跟暗物博物館太相似了。這座廟哪怕沉入水中數千年，也被一股神秘的力量保護著，甚至處處都流露出曾有人居住的痕跡。

神廟，曾是一處居所。

或許金沙大王，就被囚禁在這。

但讓夜諾疑惑的是，傳說中金沙大王不是有數百公尺高嗎？雖然這座神廟的高度也不低，可怎麼算，也沒金沙大王高啊。

難道神話故事中的東西，算不得數？

夜諾根據暗物質文的提示，走捷徑，很快就來到了神廟的主廳。主廳空空蕩蕩的，一個人也沒有，他們甚至來得比北巫還要快。

劉十三咂舌不已：「夜兄弟，要不是看你年紀不大，我都差點以為這裡是你家了。」

夜諾乾笑兩聲。

這老頭沒說錯，金沙神廟的布局，和他自己家也差不多。熟悉的暗物質文，熟悉的格局，他完全能在這裡邊閒庭信步，舒坦得很。

大廳裡擺放著一口青銅棺槨，用十三根鎖鏈重重鎖住，每一條鎖鏈的盡頭，還有一道令牌深深插入地面。

棺槨是厚葬古代貴族的禮儀，槨中才是真正的棺。

劉十三對著棺槨就跪地上，虔誠的磕頭。

在他的想法中，巫術之源，金沙大王的骸骨，肯定就在棺槨之內。

夜諾用手摸了摸下巴，不對啊，這青銅棺槨長達八公尺。不是太大，而是太小了。為什麼無論這神廟，還是這口棺，都和神話對不上號。

一個數百公尺高的巨人，就算死了沒了皮肉，光骨頭也不可能塞入只有八公尺長的棺內吧？

打開，還是不打開？

夜諾有些困擾。

趁現在打開，將金沙大王的屍骨搶走，讓北巫的陰謀落空。這是一步好棋。

可夜諾，總覺得哪裡不太對。

「咱們先把金沙大王的遺骸請走。」劉十三磕拜之後，看了夜諾一眼：「夜小兄弟，這是最好的辦法。畢竟北巫馬上就來了。只要拿走遺骸，他們的計畫便會落空。龍門瀑布的封印並不是徹底解除，而是會在一段時間後，再次封印。北巫花了數千年的陰謀，最終一場空。簡直是大快人心。」

夜諾仍舊有些猶豫。

這神廟中的一切，都太怪了。明顯有什麼被鎮壓封印在內部，但是暗物質文並沒有詳細的說明。而且……

時間不等人。

「開。」夜諾一咬牙，是騾子是馬，總得拉出來遛遛。

「太好了。」劉十三立馬抄起魚骨劍，一劍砍向棺材上的青銅鎖鏈。

只聽「哐噹」一聲，鎖鏈沒砍斷，劉十三卻如被雷擊中般，整個人飛了出去。嘴角鮮血直流，好不容易才掙扎著爬起來：「格老子，這鎖鏈不是一般的鎖鏈，上邊施了雷咒。」

光是反震，都能讓 B2 級的劉十三震得險些重傷。可想而知鎖鏈上的咒法威力有多大。

夜諾既然已經決定要開棺，倒也沒輕舉妄動。他繞著棺材走了一圈後，在棺槨的某一面發現了一排隱蔽的暗物質文。

文字記載了詳細的打開棺槨的方法。

夜諾按方法，將十三根鎖鏈順利解開，把棺槨打開來。

只見一陣白霧瀰漫，八公尺長的棺槨緩緩敞開。待雲煙散盡，露出了棺槨內部的模樣。一看，所有人都大吃一驚。

因為棺槨內部，有一口紅色的棺材。

棺槨中藏著棺材，並不足為奇。奇怪的是，這口紅色棺材並不大，長只有兩公尺多而已，就算要放屍體，也只能放一具偏瘦的。

最最最主要的是。這口棺材的樣式，並不老。

它竟然是一口，現代的棺材。從製作到放進棺槨中，最多不超過一個月。

「這是怎麼回事？」夜諾懵了，他彷彿想到什麼，一把將棺材的蓋子掀開。

隨著棺材蓋遠遠落在地上發出一陣「啪」的響聲，棺材旁的人，只感覺喘不過氣。

「怎麼可能！」夜諾喃喃道。

棺材中躺著一襲白衣如雪的麗人，她人面桃花，長長的眼睫毛，星眸閉合。修長的大長腿隱藏在連衣裙中，絕色的樣貌，猶如睡著了似的，就那麼躺著。

少女大約只有二十歲，她的模樣，夜諾熟悉得過分。

這具屍體，竟然就是慕婉，他尋找了將近一個月的，慕婉的屍身！

夜諾皺了皺眉頭，所有的事情，好像都是一環套一環，自己彷彿陷入某種陰謀中，被算計了。

「哈哈，你果然打得開。哈哈哈哈，不枉我演了這麼長時間的戲。」就在這時，一陣長笑，震響在耳邊，劉十三仰天狂笑個不停。

慕婉臉都白了：「阿諾，那老頭怎麼了？笑得好像電視劇裡最終陰謀敗露後的大 BOSS。」

「攻擊！」夜諾一把將手中的符朝劉十三拍過去。

劉十三輕飄飄的一退，退到了大廳的正中央。

這老頭一招手，烏泱泱的一大片巫人全都湧了出來。清一色穿著灰色魚皮服的北巫，竟有數百人之多。

「著了這老頭的道了。」夜諾苦笑，那些北巫當中，還有一些穿著黑袍的怪人。

其中有一個人，夜諾竟然認得。

就是前不久，魚缸事件時，突然跑出來攻擊自己，然後又被自己嚇跑了的準A級高手。

這特麼，居然都是一夥人。

「夜小兄弟，老夫聽了齊的報告後，就盯上你。我猜得沒錯，你果然和那個神秘的所在有關係。否則，你也不可能看得懂這金沙大王廟中的神紋。」劉十三的聲音很陰森，一副勝券在握。

「這所有的陰謀，都是你搞的鬼？」夜諾怒瞪著他。

劉十三嘿嘿笑道：「你猜。」

「嘉實遊輪上，十三名少女的死，你就是幕後黑手？」夜諾冷然又問。

「你再猜。」

「不用猜了，恐怕就是你了。」夜諾掃視一眼，沒頭沒尾的問了一句：「殺了慕婉的所有人，都到齊了嗎？」

夜諾的話讓劉十三有些莫名其妙，他皺了皺眉：「夜小兄弟，你還在想什麼鬼門道。我們這麼多人，實力遠比你高。除非你告訴我那神秘所在的秘密，否則，小兄弟，你和你的紅顏，就別想離開了。」

劉十三顯然並不想殺掉夜諾，至少，現在不想。他想從夜諾嘴裡掏出，那流傳了千萬年的，神秘所在的秘密。

雖然，他也摸不準夜諾和那神秘所在，有什麼關聯。但只要有一丁點關聯，就值得他用盡一切殘忍的手段。

為了保險起見，劉十三在大廳裡布置了十多個大巫、六十多個中巫，還有他手下的一些勢力。這些人的實力加起來，怕是已經超過了許多大家族和勢力的所有有生力量了。

為的，只是要對付一個實力只有 F4 的小小除穢師而已。

他還真看得起夜諾。

但夜諾值得起他拚勁全力。因為夜諾和那個神秘的地方有關聯，那麼就算手段用盡，謹慎再謹慎，也值得。

裝作劉十三的神秘人，一想到這裡，就心情激蕩。這次的計畫，簡直就是一石二鳥。不光能夠復活傳說中的金沙大王，還能窺探到那神秘所在。

活了那麼多年，他實在是太激動了。

夜諾看著那老頭激動的小模樣，撇撇嘴：「來齊了就好，省得我一個一個去找。慕婉，你的仇，我今天就替你報了。」

慕婉冷汗直流：「阿諾，你在說什麼胡話。這裡我擋著，你趕緊逃。」

「逃，不用逃。」夜諾哈哈大笑道：「這裡跟我家似的，沒有我發話，沒有人能逃得掉。」

在北巫和那神秘人戲謔的視線注視下，夜諾猛地打了個響指。

只聽轟隆隆一陣響，大廳的門，竟在眾目睽睽下，飛快的合攏。

「啊，怎麼回事？」神秘人瞪大了眼，這夜諾，難不成還能控制金沙大王廟？一股不祥的預感，湧上心頭。

「賓果，你猜對了。我不光能控制這裡，還能控制你們的生死。」夜諾淡淡道：「老頭，你以為我真沒看破你拙劣的表演？說實話，你的表演真的糟糕透了。」

神秘人的臉色一陣青一陣白：「你什麼時候看破的？」

「早在江蜃的幻境中時，所有人的幻境都投影出來，你當初說為自己施了魚皮咒，所以自己沒有被江蜃投影。但你遺漏掉了一點。自始至終，你隱藏在內心深處的幻影都在，那就是龍門瀑布。」

夜諾道：「明明龍門瀑布，剛剛才被召喚出來。但為什麼江蜃的幻影中，會有這個？只能說明一點，那就是我們中間的某個人，曾經經歷過龍門的升起，甚至親眼看到過。想來想去，只有一個人最可疑，那就是你這個老不死。」

神秘人冷哼一聲：「你這小子還真有城府，懷疑了我這麼久，都裝作被我耍得團團轉。我看，小兄弟你才是真正的影帝。」

「多謝誇獎，謝謝，你們可以，死了。」夜諾又彈了個響指。

神秘人冷笑：「動手。哼，你以為我好心跟你說那麼多？小兄弟，你還是太嫩了。」

數百個巫人和那個神秘人，都開始施展秘術，無數攻擊轟向夜諾，想要拿下他們。

「我看沒機會的是你們才對，你真以為我會好心，跟你解釋那麼多？老子也在準備啊。」夜諾面對那可以將他轟成殘渣的攻擊，怡然不懼。

慕婉嚇壞了，一閃身擋在夜諾跟前：「阿諾，快逃。」

「小傻瓜，你就不能對我有點信心？」夜諾反手將她拉進懷中，揉了揉她的小腦袋。

在各種除穢術和巫術的光焰中，密密麻麻鋪天蓋地的攻擊下，他們的親密互動，蒙上了一層悲愴，一絲柔情。

「還不起來，你當我這個主人，沒有威信嗎？」夜諾一跺腳，冷冷道。

就在攻擊要觸及的瞬間，原本捆住那口巨大棺槨的十三條青銅鎖鏈，陡然發出奪目的光。鎖鏈自己動了起來，碰撞在一起，最終變成一體。

這條鎖鏈散發著青銅的光澤，卻無堅不摧，牢固無比。在空中如同蛇一般擺動了一下後，就朝那些除穢術和巫術劈頭蓋臉的打下去。

餘光流洩，只聽一陣陣破裂的響聲，那根銅鎖鏈竟然生生把所有的術法全擋住。夜諾和慕婉幾人跟前，銅鎖鏈昂起頭，散發著萬丈光芒，帶著驚人的五彩雲霞。

鎖鏈的最末端，似乎刻著幾個字，但是沒人能看懂。除了夜諾。

那兩個字是暗物質文。

——捆仙。

「這什麼東西。」神秘人驚詫道。

「聽過封神榜的故事沒有，這條銅鎖鏈，是裡面很出名的一件神器。」夜諾冷冷一笑：「叫做捆仙索。可惜你們有眼不識泰山，連這東西都不認識。」

夜諾的看破，果然是個好東西，能夠識別出暗物博物館中的遺物。一進大廳，看破就刷出了捆仙索的信息。

但夜諾暫時不能用。因為這捆仙索，屬於高等級的遺物，哪怕它的主人已經不知死去多久，也不是夜諾隨隨便便能拿走的。

所以夜諾花了血本，用暗物博物館的積分，兌換了捆仙索的臨時使用權。

果然，捆仙索使用起來，好不威風，但威力巨大的同時，也伴隨著巨大的消耗。就只用了一下，他開竅珠中存了許久的暗能量，就被消耗了五分之一。

還能用四次而已。

神秘人暗叫不妙，他知道今天不能善終了，一咬牙，怒道：「殺。」

他決定不留夜諾的性命了。

「可惜，你錯過了殺我的最佳時機，沒機會了。」夜諾撇嘴。他手一指，體內暗能量再次狂泄。

身前的捆仙索頓時幻化為無數的繩索，將大廳中所有人都牢牢捆住。所有人都大駭，心驚膽戰。

他們感覺到了死亡的氣息。

被捆仙索捆住的神秘人也驚駭無比，籌劃了這麼久，沒想到最後一步，卻卡在夜諾這不起眼的小子身上。

他不甘心，但沒人能擺脫得了捆仙索。這高級遺物，通體由暗物質構成，堅不可摧。一旦被套住，就會實力全消，變成普通人。

「死。」夜諾舉起一隻手，在空中一抓。

臨終的慘號聲不絕於耳，一片片血色煙花綻放，每一處血色餘焰，就是一條強橫者的命。那些人上人的強橫巫人、除穢師，至死都想不通。明明十拿九穩的計畫，怎麼就敗了。

還敗得那麼慘。

被捆仙索勒住的劉十三猛地吐出一口鮮血，他竟然沒有死。但看到一地的屍體，他憤怒得眼珠子都充滿了血。

這次的計畫，他謀劃了足足百年。可惜，前功盡棄，還毀掉了他大半的勢力。太慘了。

他恨，恨夜諾恨得要死。

「臭小子，你以為你真的勝券在握。老夫就算是要死，也會拖你一起陪葬。」神秘人吐出最後一口氣，也生生被捆仙索給勒得內臟破裂，全身爆掉。

「哼，大言不慚，到死了還嘴硬。」夜諾冷哼一聲。

就在他以為塵埃落定，正準備去檢查劉十三的屍首時，突然，身旁的慕婉尖叫了一聲：「阿諾小心！」

「嘻嘻嘻，哈哈哈哈。」一陣瘋狂的笑聲傳來，笑的人居然是白卉。

白卉笑得歇斯底里，用通紅的眼珠子，怒瞪夜諾：「夜小兄弟，你以為這樣就結束了？老夫可是要拉你一起進地獄的！」

在夜諾和慕婉的愕然中，白卉痛苦的呻吟了一聲。

「到最後一步了，終於到最後一步了。」白卉用尖銳的聲音，一邊痛苦的叫著，一邊瘋狂的喊道：「金沙大王，就要去跳龍門。他，就要復活了。」

只見白卉的臀部附近，猛地一道金光閃過。那道沒有人能夠看得見的符，在此刻陡然閃出萬道金光，刺得人睜不開眼。

金光緩緩從白卉的身上，朝棺材中慕婉的屍身上落下去。

夜諾本能的伸手一抓，但什麼都抓不住。那道光猶如不可抗力，最終落到了屍體的眉心。

「不好。」

夜諾的心裡有種極為不祥的預感。他背脊發涼。

金光斂盡，棺材裡的慕婉，猛地睜開了眼睛。她的眸子裡是閃亮的金光，流轉不休。

「哈哈哈，去跳龍門吧。跳龍門之前，給我殺死……呃，哇嘔，怎麼回事。你為什麼不聽本座的，明明本座特意為你煉製了那一道陰符。」白卉瘋狂的笑聲戛然而止。

一隻纖纖細手，從棺材中探了出來。

慕婉的音容相貌依舊，但卻沒有笑容，甚至沒有半分表情。她看也沒看附身在白卉身上的神秘人，只是一抓，將她捏碎。

神秘人的聲音徹底消失了。

慕婉的雙眼金光閃爍，她並沒有攻擊夜諾。就算只剩一具殘軀，它身體中的每一個細胞，都在拒絕傷害夜諾。

屍體只是深深的看了夜諾一眼後，轉身離開。

她，再也沒有回頭。

就在慕婉的屍身離開不久後，一個小小的倩影，跳上了龍門瀑布。天火劇烈的焚燒，卻沒有將那一絲倩影焚毀。

倩影跳過瀑布後，那龍門便偃旗息鼓，緩緩的再次潛入深深的五狹大壩中，繼續被封印起來。

五狹大壩中所有人都很懵逼，但因為沒有造成大的危害，只是虛驚一場而已，於是所有人都鬆了口氣。

事情彷彿就這樣，結束了。

——尾聲——

天啟三年，秋，天道文書閣 1137 號閣主，叛出，躲避死亡懲罰。1149 號閣主與其發生驚天大戰於巫山，惡鬥三天三夜，天昏地暗日月無光，攪起巨浪驚天。導致生靈塗炭。

終，1149 號閣主用捆仙鎖，將 1137 號閣主捆於長江之底。築廟以封之。

隨著龍門瀑布消失，矗立著金沙大王廟的小島也沉入江中。在夜諾帶著慕婉倉皇逃跑時，他順手在棺槨以及神廟中摸了幾樣好東西。

其中一個是塊黃金牌，上邊雕刻了金沙大王這座廟的始末。令夜諾跌破眼鏡的是，奶奶的，沒想到所謂的金沙大王，果然是暗物博物館的管理員。

這不知存在了多久的暗物博物館，還挺與時俱進。至少當初在古早時，稱為天道書館，那時候的管理員，叫做閣主。

而且，他根本就不是長江兩岸巫人口中救苦救難的神明，丫的就是個害怕博物館懲罰的膽小鬼。不知道用了什麼手段逃避了博物館的死亡詛咒。

而 1149 號管理員其中一個任務，應該就和 1137 號有關。因為兩位高級管理員的戰鬥，導致長江氾濫，民不聊生。甚至連巫山和巫峽，都生生被他們兩個二貨改變了地形，改了道。

最終 1149 號贏了。

長江兩岸的愚民把這一次的大戰看在眼中，崇拜不已，竟然形成了對金沙大王經久不絕的崇拜。

到底當年發生了什麼，為什麼 1137 號，能夠躲得過博物館的懲罰，或許是 1137 號像是百足之蟲死而不僵，有起死回生的能力。

現在，1137 號又復活了，還佔據了慕婉的屍體。

夜諾只能如此判斷，因為他能夠得到的資訊實在太少了。雖然暗物博物館的藏書很多，可惜並不夠。他還需要更多的資料，才能將慕婉的屍身搶回來。

這一條路，並不好走。

不光如此，他本能的察覺到，當白卉死亡的瞬間，有一股能量逃了，那神秘的老頭，並沒有真的死掉。

奶奶的，這高齡的老東西，真的油滑得很。從來沒有露出過真身來。這老頭，為什麼要復活金沙大王，為的是控制他嗎？

其實，還有許多謎沒有解開。但夜諾現在根本就沒有頭緒。

例如那龍門，到底是啥。

又例如，傳說中魚蝦大蛤跳過龍門會化龍，那人類的屍體跳過去，會發生什麼呢？那神秘人讓金沙大王跳過龍門，真的僅僅只是讓他復活？

雖然夜諾很迷惑，但還好，雖然沒有撈回慕婉的屍身，不過從神廟中，夜諾得到了一樣好東西。那是一小瓶金黃色的液體。

瓶子上有兩個暗物質文，稱其為甘露。

在看破的資訊中心，甘露是上古時期，一位叫做觀音菩薩的暗物質管理員手中的遺物淨瓶中，產生的液體。

這液體只要喝上一滴，就有強烈的穩固神魂的作用。

用百變軟泥做成的慕婉，現在暫時可以保住魂魄了。而且那神奇的液體能夠遮蓋住慕婉魂的力量，就算是高級除穢師，也很難看破她不是活人。

這讓夜諾有了個大膽的計畫。

是時候，將那個計畫，提上日程，不能再拖了。
夜諾如是想道。

——《怪奇博物館》第一部・完——

夜不語作品 42

怪奇博物館 106：跳龍門

國家圖書館出版品預行編目資料

怪奇博物館 106：跳龍門 ／ 夜不語 著.
一 初版. 一 臺北市：春天出版國際，2021.05
面；　公分. 一（夜不語作品；42）
ISBN 978-957-741-332-1（平裝）
857.7　　110004163

ISBN 978-957-741-332-1
Printed in Taiwan

作者　夜不語
總編輯　莊宜勳
主編　鍾靈
責任編輯　蘇星璇

出版者　春天出版國際文化有限公司
地址　台北市忠孝東路四段303號4樓之1
電話　02-7733-4070
傳真　02-7733-4069
E-mail　story@bookspring.com.tw
網址　http://www.bookspring.com.tw
部落格　http://blog.pixnet.net/bookspring
郵政帳號　19705538
戶名　春天出版國際文化有限公司
法律顧問　蕭顯忠律師事務所
出版日期　二〇二一年五月初版
定價　280元

總經銷　楨德圖書事業有限公司
地址　新北市新店區中興路二段196號8樓
電話　02-8919-3186
傳真　02-8914-5524